优美的诗情
清澈的诗心
依旧让今天的我
仰慕和神往……

作者简介

张建安　大学科研处处长、教授，中国作家协会会员，中国文艺评论家协会会员。曾任中国人民政治协商会议邵阳市第十届委员会委员。现为湖南省文学评论学会副会长、湖南省作家协会全委员会委员、湖南省文艺人才扶持"三百工程"文艺家。获第十七届中国新闻奖、第二届湖南文学艺术奖、第六届毛泽东文学奖、湖南省首届"湘江散文奖"、湖南省高等教育教学成果奖。作品入选第五届湖南文艺评论推优活动优秀作品名单。主持省部级科研课题10余项。先后在《人民日报》《光明日报》《文艺报》《中国文化报》《中国艺术报》《中国文艺评论》《当代作家评论》《小说评论》《民族文学研究》《中国文学研究》《湖南师范大学社会科学学报》《文艺论坛》《广西社会科学》等报刊发表论文200余篇。出版著作《当代湘西南作家研究》《岸芷汀兰——张建安论文学》《忧郁与优美：守望文学的精神家园》《湘西想象的民族特征与文化精神》《湖湘文学与现代精神》《故乡与河流》等6部。发表散文、诗歌等文学作品1000余篇，其中散文《过秦岭》被选入教材《大学语文》（中南大学出版社2021年9月版）。

湖南省文艺人才扶持
"三百工程"入选项目

江南物语

张建安 ●

江西高校出版社
JIANGXI UNIVERSITIES AND COLLEGES PRESS

图书在版编目（CIP）数据

江南物语 / 张建安著 . -- 南昌：江西高校出版社，
2024.6
ISBN 978-7-5762-4498-4

Ⅰ . ①江…　Ⅱ . ①张…　Ⅲ . ①诗集—中国—当代
Ⅳ . ① I227

中国国家版本馆 CIP 数据核字（2024）第 016425 号

出 版 发 行　江西高校出版社
社　　　　址　江西省南昌市洪都北大道 96 号
总编室电话　（0791）88504319
销 售 电 话　（0791）88517295
网　　　　址　www.juacp.com
印　　　　刷　江西千叶彩印有限公司
经　　　　销　全国新华书店
开　　　　本　850 mm×1168 mm　1/32
印　　　　张　9
字　　　　数　148 千字
版　　　　次　2024 年 6 月第 1 版
印　　　　次　2024 年 6 月第 1 次印刷
书　　　　号　ISBN 978-7-5762-4498-4
定　　　　价　78.00 元

赣版权登字 -07-2024-118

代序：新诗如何走出困境？

张建安

我们这个曾经文气氤氲、诗意沛然的泱泱大国，竟然出现了"作诗者比读诗人还要多"的怪现象，这实在不能不让人惊诧和喟然长叹！

诗歌要走出当前困境，最重要的就是诗人要强化诗性精神的张扬与高贵心灵的培育。优秀的诗人定然是一个非常人性之人，定然有一颗真诚善良之心，拥有关爱众生的博大情怀。屈原"长太息以掩涕兮，哀民生之多艰"，杜甫"安得广厦千万间，大庇天下寒士俱欢颜"，郑板桥"衙斋卧听萧萧竹，疑是民间疾苦声"，艾青"为什么我的眼里常含泪水？因为我对这土地爱得深沉……"，正是这些诗人对家国、对民族、对人民有着深深的忧患意识，他们的情感世界才会如此丰富多彩，他们才会如此愁肠百结，才会有对生活的独到发现，才会有对生命的诗意情怀！这才使得他们的诗章具有穿越时空的魅力并能够永远为人们所传唱——伟大的诗人总是将自己的痛苦和幸福深深植根于历史与社会的土壤中！

优秀的诗人总是拥有一颗超越世俗的淡泊名利之心，因为诗人来到这个世界本身就是负有救赎和塑造人类灵魂的重大使命的。大凡为一己私利而蝇营狗苟、算尽机关，抑或为鸡毛蒜皮而斤斤计较的人，是断断乎不能写出动人诗篇的。新诗漫长的发展历史充分地证明着这样一条真理——胸怀民族的兴衰、情系人民的苦乐、直面真实的人生，等等，就是诗歌恒常的主题。大诗人就是那些擅长敏锐感悟人间温情的人，就是那些精心呵护众生良知和尊严的人。只有这样，他们才有可能对人类思想有精深的开掘，才有可能对生活和生命有深刻的体验！

诗歌走出困境，必须强化文化学识的积累与思想才情的生成。事实上，凡大诗人必然是大学者，因为深刻的思想必然来自对大量现实和历史、宇宙与人生的正确判断和精辟分析。没有学识的宽度，是无法保证其艺术与精神的高度的。即便像艾略特这样的西方诗人，其所代表的现代主义诗歌传统也是"以智力与学识作为内核的"。泰戈尔，显然是他的哲学、小说、戏剧、音乐、绘画等多方面的修养所构成的宽度，才成就他的诗歌高度的——被誉为一个民族文化的结晶和最高体现。没有学识做基础的诗歌，又怎么可能不会如白开水一般寡淡而无味呢？

诗歌走出困境，还必须强化语言文字的锤炼与艺术方式的创新。要写出好的诗歌，常常要做到两个方面的均衡：一是情感，二是语言。诗歌的历史也因此可以分解成情感的历史和语言的历史。情感的历史，是一个扩展和弱化的过程。人类的情感随着生活的越来越复杂变得同样的越来越复杂。这种复杂性必然分化或淡化着情感的力量。同时，语言的历史，也是一个强化的过程。同样，随着生活的扩展，语言也常常能得到宽度和深度两方面的加强。这就更需要诗人打造出灵幻优美的文字来。

诗歌是非常讲究语言的，特别是讲究语言的"积极修辞"效果，诗人永远要做语言革命的先锋。诗歌的语言要求精粹、纯净和凝练，富有表现力和穿透力。精美的诗歌，往往能让读者产生满纸生香的感觉，可谓是字字珠玑。它一旦确定就不可随随便便更改。它与粗鄙、恶俗的语言习惯，有如冰炭般永不相容！诗歌除了要有流畅的语言以外，还要有直指人心的意象群，还要有那种张弛有序的时间结构和错落有致的空间结构，更要有那种浑然天成的气韵结构。现在有些诗歌很不讨读者喜欢的重要原因就是结构散乱，语言往往不知所云，甚至还搞一些莫名其妙的词语，导致其诗歌思路不清，诗思混乱，表达无力，缺少了应有的表现力。

写作的意义在很大程度上是存在于个人的表达方式之中，特别是诗歌语言的张力和诗歌内部流动着的天然"气韵"——这个韵不一定是语音上的押韵，更主要的是词语和词语之间的和谐的节奏感与乐感，以及浑然天成的流动感。"操千曲而后晓声，观千剑而后识器"，这自然是一个不断发展演化的过程。

（原载《人民日报》2006年8月3日第9版《文艺评论》，有改动）

目 录
CONTENTS

第二辑 江南情绪

第三辑 江南记忆

序章

寻找诗魂

好多年

我不看诗不作诗了

年轻时

我也曾

有一个诗人的梦想！

那时候

我也曾想

做一名优秀的诗人！

可后来

人生路上

东跌西撞

目标游离

居然忘了初心

也忘了诗

自然

诗也忘了我!

而今
为了寻回写诗的感觉
我重新找来雪莱、拜伦
歌德和惠特曼!
希求在他们的作品里
依稀探寻失散的诗情
寻找我年轻时蓬勃的心性!
希望在他们的诗句里
捡拾到生命的呐喊
和岁月的气息!

你看
那个叫惠特曼的美利坚诗人
毫无顾忌
以一种原始的活力
述说自然和人生
而雪莱以超强的社会责任感
与历史使命感

检讨人类的良知

探求世界的真理！

他在情感激荡中

表达生命的激情形象！

拜伦是火热的

他却以一种

嘲讽和批判的架势

对当时的政治制度

对当时的道德风尚

对当时的生活习俗

以及英国社会的种种情状

进行最深刻

最彻底的解剖和批判！

诗国风流

诗风浩荡

诗人忧伤！

几百年上千年过去了

优美的诗情

清澈的诗心

依旧让今天的我

仰慕和神往……

而今我在湘西

此时此刻

晨曦中

我静静地凝望

远方那一片弯曲有致

呈圆弧形状的青山

青山如梦

在那儿安静了千年万年

这是个被誉为

江南生态最完好的城市

在这个曾流放过

诗人屈原和王昌龄的地方

我心驰神往

诗人是明亮的

诗人是纯净的

诗人的歌唱

成了我心中的瓦尔登湖！

在我看来

瓦尔登湖作为一种文化符号

业已成为一种

与平庸现实

相抗衡的诗与远方！

想起四十多年前

我从故乡出发

走进小县城

开始人生的远足

三十多年前

我投靠邵阳

在那个湘中古城

娶妻、生子

看书、写诗

开启文学的远航

二十多年前

我转道怀化

来到这湘西边城

试图改变现实的窘境！

可我没有梭罗那么好的运气
没有找到心仪的偶像
但是遇见了不少奇特的现象
产生了无数的生命怀想……

十年前
我又不得不
离开此地
虽然多少还有点不舍
但是
没有办法
我依然要与它告别
人生得调整航向！

高铁飞驰
群山闪过
远方如黛
亦如大海翻腾
波涛汹涌
湘西渐行渐远……

第一辑
江南意象

江南溯源

历史上
江南开发得比较晚

两千多年前
司马迁《史记》有云：
"江南卑湿，丈夫早夭。"
这里的"卑湿"
是说气候环境差！
这里的"丈夫"
是指成年男子
司马迁的意思
显然是当时中原人
共同的意思！

是的
南方多雨多雾

常年潮湿

而且暑热!

其时

水利尚不发达

生产方式落后

更别提生活质量!

遥远时代

在北方人心中

江南不是一个好地方

那时候

秦岭以北的黄河流域

是华夏的心脏

是国家政治和文明的中心

那时候

人们常说"下江南"

既是自然方位上的指向

当然也代表了社会学意义上的观点

在那时候

北方人心中

南方是蛮荒的

南方是落后的

南方自然也是贫穷低下的

因此

那时的"下江南"

不是旅游观光

而是政治上的贬谪和放逐

是人生的至暗时刻

大多数官员视之为畏途！

在相当长的

一个历史时期

江南因山穷水远

被称为"蛮夷之地"

是封建王朝

和统治者处置钦犯

或惩罚文人的地方！

江南变迁

岁月轮转

时代变迁

东汉末年

天下大乱

群雄并起

尔后

孙权割据东南

建立了吴国

三分天下有其一!

西晋末年

中原战事频发

狼烟四起

北方士族纷纷

渡江南逃

这就是历史上

著名的"衣冠南渡"

随之而来

东晋王朝

和南朝的宋齐梁陈

也均以建康为都

偏安南国

六朝更迭

均以南方为统治重心

于是

江南这片区域

政治和经济地位

日趋显要！

江南的名声

自此大变

变得越来越好！

至此时节

北方政治家

开始青睐江南！

北方人也开始

用"江南"

指代南方历代政权

北魏孝文帝有言：

"江南多好臣。"

南朝谢朓诗曰：

"江南佳丽地，金陵帝王州。"

尔后

"江南"逐渐摆脱了

"丈夫早夭"的噩梦

开始与经济昌盛

富庶繁华

温柔富贵

昌明发达等

吉祥词汇

紧密相连

白居易一口气

作词三首

《忆江南·其一》

广为流传:

"江南好,

风景旧曾谙。

日出江花红胜火,

春来江水绿如蓝。

能不忆江南?"

到了明代

太湖周边

苏州、松江、常州

还有嘉兴、湖州等地

已形成一个

有内在经济联系

和共同特征的区域整体

更紧要的是

这块以苏杭为中心的地域

经过千余年的发展和演变

逐渐形成了

人文、自然等方面
具有共同特性的区域

此其时矣
文人雅会
商贾云集
诗意浪漫的秀美江南
呼之欲出！

江南意境

江南

河网密布

灵动而隽永

到处是

石堤、石拱桥

与石码头……

河里倒影中有白粉墙

青黛瓦和木栅栏

相互呼应

温婉如画

正是浩荡的江水

赋予了江南

繁华而不张扬

柔顺细腻而隽秀的

内在气质

特别是

油菜花盛开的季节

带给人浓郁的春的气息

那朵朵油菜花

犹如黄衣绿裙的春之使者

在辽阔的南方大地上

绘下一幅幅

春意盎然的壮丽画卷!

江南是什么?

文人说,江南是诗词书画

侠客说,江南是猜拳行令

雅士说,江南是观石赏花

仕女说,江南是歌舞琴棋

江南是什么?

商人说

江南是产业与效益

江南是苦干与拼搏

江南是欣欣向荣的升腾气象

江南是富庶安康的盛世愿景

江南是什么？

江南

是开放进取

是碰撞与交流

是中原文化与南方文化的交汇

是内陆文化与海洋文化的碰撞

是中华文化与西方文化的激荡！

江南是什么？

江南

是雅俗共赏

是兼容并包

随意率性的市井文化

精致典雅的士大夫文化

都可在此同台竞技

江南是浪漫的"桃花源"！

想象中的江南

莺飞草长

杂花生树

柳绿桃红……

现实中的江南

丰富多元

有着说不尽的内涵

讲不完的故事！

江南抒情

我的故乡在江南
有美丽，也有忧伤
故乡载得起世俗的快乐
故乡也盛得下人间的凄惶

微雨拍打芭蕉
燕子怀恋旧家
岁月有悲有喜
江河不慌不忙

秋天如期归来
凉风夹着冷雨
也有白露寒山
时现田园旧梦
令人意味深长！

偶尔遭遇

蒹葭残荷的乱象

也必然要期待晴空

找寻远日和故乡！

当轻柔之风吹起

阳光穿过暖黄色的枝丫

光影斜投在地上

时而摆动

时而又拉得深长！

世事如流水

诗意绵长

"暮空云敛月初弦，

露气星光共渺然"

描画的是

时序交融带来的朦胧！

"袅袅凉风八月初，

试挥椽笔写江湖"

展现的是天高云淡

带给人们的是旷达和冥想！

"过山秋雨响临池，

深夜书斋枕独敧"

抒发的是

淅沥秋雨

"冷红叶叶下塘秋，

长与行云共一舟"

留给我们的是

无限的诗意

与无声的思量！

秋色分明如画

天高澄澈

景色一新

更多的期许与丰收

正在等待中

演绎成现实的芬芳！

江南年俗

儿时的事情

忘记了很多

但选择性的记忆

还很清晰

盼过年

乡村孩子的梦想

那是有肉吃的日子

小时候

家里很穷

但再穷

过年也得"煮三十"啊！

记得母亲

用一些油豆腐

或用萝卜和一些腊肉

一起炖煮

柴火很旺

腊肉飘香……

在故乡

除夕是要赶大清早

吃年饭的

头天晚上

先做好大菜

早上热一下

就可以吃了

除夕的早上

天还未亮

乡村就鞭炮齐鸣

驱"除"过去的忧伤

珍"惜"未来的时光！

在"天人合一"的境界中

人们感悟着春夏秋冬

四季轮回

月盈月亏

日出日落……

道法自然

井然有序！

万物生长

需要风调雨顺

所以，人们在首春

一定要祈年祭祀

敬天法祖

一定要慎终追远

固本思源

这是乡亲们对美好岁月的向往！

如今过年

年味越来越淡了

物质是丰富了

可人们对吃

也没有了特殊要求！

为保护环境

人们放烟花爆竹

越来越少了

过年的要素几乎没有了

庄严肃穆的气氛也没有了

年，实在是不像过年啦！

但仪式感

还是需要啊！

礼乐文明

祗敬感德

畏天地，敬神灵

共同守护中华文明

还是很有必要的！

湖南写意

湖南

中国腹心之地

位于长江南

位于洞庭南

东有幕阜、罗霄山

西有武陵、雪峰山

它们犹如一位

强壮男人的左臂右膀!

南有五岭

可为坚强倚靠

坐南面北

如太师椅

有了四平八稳的

豪侠气象!

境内

云遮雾绕

山高林密

河流溪涧

交错纵横

连绵的群山

巍峨雄奇

肥沃的田畴

坦荡无垠！

湘资沅澧

四大河流

由南向北

一路欢歌

全是秀美的画卷

全是动人的风景！

奇花异草

氤氲芬芳……

正如习近平总书记夸赞湖南：

"十步之内，

必有芳草。"

湖湘民俗

多彩多姿

人文丰沛

诡谲神奇

灵动与剽悍

坚韧与粗豪

浪漫与柔情

铸就了湖南人

钢铁般的意志!

自春秋战国始

楚繁衍于此

屈子行吟

成就不朽华章

贾谊悲风

一腔爱国情志!

宋之朱熹、张栻

创书院

传理学

集湖湘学派之大成！

清朝曾国藩、左宗棠

胡林翼、彭玉麟

湘军突起

叱咤历史风云

青史留名

有道是：

"中兴将相，

什九湖湘！"

湘楚大地

人物风流之精神

文化精髓之传承

赢得中原文化之尊重

铸就中华文明之一脉！

邵阳素描

邵阳

古称"宝庆"

居于湘中偏西南

资江上游

越城岭逶迤东南

雪峰山耸峙西北

资江自西南向东北

流贯全境

邵阳历史悠久

早在新石器时代

境内即有先民栖息屯居

秦时属长沙郡及黔中郡

西汉初

始置昭陵县

吴宝鼎元年

置昭陵郡

西晋太康元年

更昭陵为邵陵

移郡治于资江北岸

隋代废郡

改县曰"邵阳县"

一时蔚起

曾号称"天下第一县"!

唐代设邵州

五代晋时曰"敏政县"

北宋崇宁五年

分邵州西部置武冈军

南宋宝庆元年

理宗赵昀登极

用年号命名

曾领防御使的封地

升邵州为宝庆府

宝庆之名始于此也!

明初

设宝庆及武冈二府

清代

宝庆府城资江绕郭

邵水穿城

环城墙炮台林立

加之山环水复

攻之不易

留下"铁打的宝庆"美名

最后定名邵阳

前后算起来已有2500余年历史！

邵阳山川地理

秀丽天成

崀山景区

集天下风光之胜

南山牧场

为江南草山明珠

黄桑森林王国

云山佛门圣地

绥宁神奇绿洲

龙山地下藏金

银杉国宝

铁杉群落

泛舟资江三峡

寻幽舜皇秀色

欣赏自然景观

感悟民族风情

无不风光奇绝

引人入胜！

"衣冠王化染，耕凿古风同"

邵阳

乃人文荟萃之地

民风淳厚

斯民智慧勤劳

尚武崇文

文明绵远

代有才人

唐代胡曾

工"诗咏史"

车氏一家

才俊满门

清代魏源

倡"师夷制夷"之说

民国蔡锷

建"护国倒袁"之功！

能人不绝

志士接踵

御外侮而谋解放

袁国平喋血沙场

求真理而竞自由

尹如圭血写春秋

这些人

都是邵阳人杰

千古风流

民族精英

新中国成立后

人民当家作主

百废俱兴

中国共产党领导

艰苦创业

改旧貌而换新颜

移风易俗

兴文明而树新风

彩图重绘

山河一新

沧桑巨变

欣欣向荣！

逢改革开放

更是千帆竞发

城乡经济腾飞

悠悠古城

百业勃兴！

赧水谣

在湘西南

苍茫的群山中

奔走着一条纤细

而美丽的河流

人称赧水

它是资江的上游！

赧水

先是从城步的黄马界

汩汩而出

酿成气候以后

又惊蛇般

跃入东北方向

与南面的夫夷河

呈平行状

竟走了两百多千米

经武冈、洞口，过隆回

在邵阳县地段

猛而甩头

折向东南

形成回望之势

这汪清澈浩瀚的水域

人称望江

望江，望江

一个多么美丽而诗意的名字！

一条多么人性而深情的河流！

它温顺地养育着

我贫困而坚韧的故乡

滋养着我无知而欢乐的童年

在赧水的上游南岸

大抵是隆回县

与邵阳县交界地段

有一个恬静的村庄

名字叫九洲塘

她宛如一朵美丽的睡莲

默默地生息

无言地绽放

闲适，宁静

一年四季

散发出清香和芬芳

秋后田野

显得特别空旷

乡村里

篱笆围着菜园子

石板路曲曲弯弯

村口有古香樟

还有同样古老的银杏树

它们成了一道道

乡村人文景观

被乡民一次又一次

反复地讲述和咏唱

冬日乡村

远远近近的村落

安静寥落

起起伏伏的山峦

呈现出优美的弧线

寒风萧瑟中

冰天雪地

赧水河两岸

水流无声

冬夜空旷

悬挂在天上的月亮

散发着一种

旷古的忧伤与奇寒

令人生出无限遐想!

......

天子湖

故乡天子岭

是一座海拔五百余米的高山

小时候

这里有凉亭，有庵堂

庵堂里住着的尼姑

衣着清爽

说话慢声细气

行事彬彬有礼

凉亭名叫天子亭

亭上刻有对联：

"天送好风来，半江鼓浪九州月；

子从此地去，一路奔波万世名。"

上联描述

半岛形胜和资水风光

站在亭前看河浪起伏

对面九洲塘形似半岛

状如月亮

下联极言资水湍急

一路汹涌

下宝庆，过益阳

入洞庭，汇长江

滚滚滔滔奔向远方！

湘西南

地灵人杰

名人辈出

文有胡曾

车万育、魏源

吕振羽、贺绿汀

都是流芳百世之人物

武有杨再兴

蓝玉、郑维城

江忠源、魏光焘

刘长佑、刘坤一

蔡锷、袁国平

皆为名震天下之雄豪

......

附近的卜口溪

有一座关圣殿

殿上有一副对联：

"天亦多情，看此地虎踞龙盘，山势西来犹护蜀；

子且稍坐，听隔江雨急风骤，波涛东下自平吴。"

借雄奇险峻之地理形势

联想关帝等忠义英雄

讴歌江山胜迹

回溯历史风云

感叹物是人非

读来荡气回肠！

而今天子湖

已是国家级湿地公园

核心景区

宛如一位贤良母亲

祥和笃定

以慈爱深情

抚育着两岸众生

白鹭排阵

野鸭成群

湖面水波浩渺

湖岸山峦峻秀

正所谓草绿花红

水鸟云集

船移岸动

人游画中！

无论春江水涨

还是烟雨秋潮

无论月落日升

还是晨曦暮晓

江山胜迹

皆引人思绪缭绕！

游客赏景听涛

喜乐忘返

心旷神怡之际

可忘记凡尘俗事……

怀化

沿邵怀高速

穿越雪峰山隧道

只见云遮雾罩

友人说，这就是怀化

怀化

辽阔博大

地域面积为

湖南十四个州市之最！

这里

青山绿水

白云蓝天

怀化

取"怀柔远方，

化育斯民"之意

其情温良

其意深长!

怀化

历史悠久

自商周以来

历为郡、道、州、府治所在

几千年文明接续

留下了极其珍贵的文化遗迹

这里有楚秦黔中郡郡址

这里有规模宏大的

战国、秦、汉墓群

有始建于唐贞观二年

至今保存完好的龙兴讲寺

它比长沙的岳麓书院还早 340 余年

有《辞源》中"学富五车,书通二酉"

出典之处——二酉藏书洞!

屈原在此作《九歌》

"诗家天子"王昌龄

留下楚南上游

第一胜景——芙蓉楼

这里有抗战胜利受降旧址

——抗日胜利芷江洽降旧址

有内陆地区最大的妈祖庙

——芷江天后宫

有中国商业经济发展百科全书

——洪江古商城

有湘西南历史文化名城

——黔阳古城

怀化是一片红色热土

是向警予、粟裕、滕代远等

老一辈无产阶级革命家诞生之地

这里有中央红军长征

通道转兵会议旧址

——恭城书院

有湘西剿匪烈士纪念园

鸭田战斗指挥所旧址

刘邓大军进军大西南纪念馆等

这里还是杂交水稻的发源地

世界杂交水稻之父袁隆平

正是从怀化安江走向世界

怀化是

多民族聚居之地

47 个民族和谐相处

这里是

中国侗民族的主体地带

通道侗族自治县的皇都侗族文化村

百里侗文化长廊

保持原汁原味、古色古香的状态

时至今日

这里依然民风淳厚

真正做到了

夜不闭户

道不拾遗

整个村寨

一派祥和气象！

思念故乡

来到沅江

我想起故乡

我的故乡

在雪峰东麓

资江上游

魏源与蔡锷从那里走出

我原初的梦

亦从那里开头

童年的故乡

有唐诗宋词的旨趣

那里山川绵延

那里牛羊奔走

那里白浪飞舟

那里百舸争流

牧笛声声

桨声悠悠

旧梦依稀

那是故乡千年的诉求

烟雨中的故乡

宛如元明清的山水画

草色青青

潺潺水流

白鹭点缀原野

白马装饰故园

到处展现出丰沛的诗意！

沅陵

沅陵

文脉绵长

古意葱茏

沅陵古称辰州府

这是一个古老而厚重的名字

这里有保存完整的黔中古郡遗址

有充满传奇色彩的凤凰山

有风情独特的辰州三塔——

凤鸣塔、龙吟塔、鹿鸣塔

有文气丰沛的"二酉藏书"地

有明代大哲学家王阳明

发布"心学"的龙兴讲寺……

走进沅陵

宛如走进深长的历史

成语"学富五车，书通二酉"

即出自沅陵的二酉山

相传当年秦始皇"焚书坑儒"时
朝廷博士官伏胜冒着生命危险
从咸阳偷运出书简千余卷
满载五车，辗转跋涉
来到沅陵
将书简藏于二酉洞中
使先秦文化得以流传后世

这些书简在秦灭汉兴后
被献给汉高祖刘邦
刘邦大喜
将二酉藏书洞封为"文化圣洞"
将二酉山立为"天下名山"
从此后，二酉山
便被尊称为中华文化圣山
成为天下读书人神往的文化圣地

沅江清浪滩全长约二十千米
为沅水最凶险的一段水域

古时有"乌鸦神兵"的传说

说明这里产生了无数的人间悲剧

东汉大将马援曾遗恨于此！

壶头山

成为"马革裹尸"

这个成语的发源处

沅陵是一个非常美丽的地方

一泻千里的沅水

至今依然是中国

一条相对环保和干净的河流

两岸葱郁的绿色

还能唤起人们

对悠远的农业文明的

美好追忆和怀想

武陵、雪峰两大山脉交汇于此

沅江、酉水两条河流穿境而过

五强溪、凤滩、高滩

三座大中型水电站坐落于此

境内有湖南省最大的人工湖

沅陵还是个文人辈出的地方

近代诗人朱湘生于沅陵

沈从文视沅陵为第二故乡

刘舰平、向本贵等沅陵作家

都是湖南文学史绕不开的人物

在我看来

沅陵具有大湘西

最明显的标志性特征

朴素、古雅、厚重

元气淋漓

诗意浓郁

如今

随着张家界至官庄

高速公路的建成

沅陵经济发展

很快将进入时代的快车道

届时

沅陵真正可实现

通江达海

纵横天下……

沅水滩歌

武陵山脉

与雪峰山脉

挤压出一条

弯弯曲曲的流水

这就是沅江

沅江优美而抒情

激越而亢奋！

沅江

宛如湘西

一根激越的琴弦

千百年来

弹奏的

不仅仅是

商贾的繁荣

排工的剽悍

船工的骁勇

更多的是

险滩急流

暗礁巨石

演绎着船工的辛酸

与人生的悲壮!

苦难与抗争

粉碎了山民

多少美好的期盼

埋葬了孤儿寡母

多少痛楚的泪水

而今

沅江

是湘西

一道优美的五线谱

原生态的民歌与号子

有如天籁

不时在江面上飘飞

多姿多彩的民俗风情

彰显着

这一方边地民族的

古朴大方

欢快与自信！

东迁长沙

高天流云

大地飞歌

湘人在西

怀化是我人生的一个重要驿站

不短不长，在此

搁放了十年时光

过往人事

烟云飞渡

有如一个长长的梦

多少回

景换物移

秋月春风

书香飘逸

多少次

那历史上

来来往往的文人

颠簸沉浮的故事
在我的脑海里翻腾

远古
文人墨客与英雄豪杰的
风云际会
星月在天边
忧愁却在眼前
远远近近的喜悲故事
有如电视连续剧
在这五溪大地舒卷

我即将东迁
星城长沙
巍巍岳麓山
悠悠湘江水
更有浩浩松雅湖
在远方召唤着我!
那是一片
吉祥的土地
那儿
云蒸霞蔚

芳草如茵

旭日升腾

文脉昌盛

它是湖南的省城！

湖南这个

艺术人文大省

千百年来

一直弦歌不绝

湖湘大地

承先贤余泽

雅韵流芳

生机盎然

进入新时代

文化与科技融合成

宏伟画卷

迎来全面复兴

长沙

与国运同行

与大势同在

美丽的星城

期待你一骑绝尘……

松雅湖

松雅湖

清泽明净

初来此地

有如造访圣境

幽幽芳草地

密密松树林

四处芳香四溢

不禁让我想起

日本《源氏物语》

所描画的古风余韵

四月松雅湖

湖水满满

春风盈盈

更有盛开的郁金香

轻柔的柳树林

仿佛有仙女在翩翩起舞

借着春风寻找着归家的门

或是有神灵在悠悠飘荡

借着春光回应着亲人的叮咛?

圆弧状的拱桥

气派空灵

廊桥曲折有致

沿湖岸四周延伸

……

夕阳留下片片碎金

湖面波光粼粼

坐在飘满柳絮的草地上

远处不时有美妙的音乐响起

黄昏来临

彩灯绽放

仿佛忽然打开

一个美丽的梦境

天上人间

不知今夕何夕?

第二辑
江南情绪

九洲塘

九洲塘

位于湘西南

是我降生的地方

是我脐血流淌的地方

在这里

我生活了十二年

在这里

饥饿和劳累

像两个令人讨厌的无赖

一直纠缠着我

将我深深折磨！

幸喜老家还有

清凉的泉水

和清澈的河流

每每当我觉得自己

快活不下去的时候

那条河流

总能给我希望和力量！

故乡的河流

学名叫赧水

地理专家认定

它是资江最主要的支流

它与另外一条

发源于广西资源的夫夷江

像一对亲密的兄弟

并列同行两百多千米之后

在离我故乡不远的地方——

双江口

汇合为资江

尔后，它心无旁骛

一路滔滔

汇洞庭

入长江

奔东海！

九洲塘

属丘陵地带

但在我老家前后

居然耸立着两座大山

一曰风棋岭

二曰天子岭

这里是雪峰山腹地

山上到处是枫树

杉树、松树、樟树

还有油茶树、桐子树

还有椿树、桃树、李树

和一些不知名的灌木

春暖花开时节

山山岭岭

丘丘壑壑

到处鸟语花香

莺歌燕舞

流光溢彩

......

从春天到夏天

我与伙伴们

在油茶林里穿梭

吸花蜜，吃茶苞，摘茶耳

奔忙于山野之间

收获简单的快乐与欣喜

最吸引人的是

漫山遍野的三月泡

它的学名叫刺莓

和马蜂一般大小

有的嫩红，有的鲜红

有的红得发紫！

仲春时节

树林里还有松树菌

茶树菌、羊肚菌

猴头菇、鸡腿菇

以及大水菌等

这些都算得上

乡间的佳肴美味！

秋天来临

满眼是金黄色

那一串串半含春

黄金果、雷冬瓜

红薯、土茯苓

那黄澄澄的黄蜡瓜

甜如蜜糖

最诱人的是刺莓

乌黑发亮

清甜可口

让人难忘！

十里以外

有点名气的还有狮子岭、棋盘岭

特别是那阳乌岭

通常是善男信女们

求神拜佛

烧香叩头的圣地!

登上阳乌岭

朝四周打望

白云如海浪

驰目远方

群山如鲸鱼闹海

场景壮观!

有时若隐若现

犹如仙境

虚无缥缈

令人浮想联翩

有超凡脱俗之美!

天气晴好的时候

俯瞰山下

广袤的田野

呈网格状

乡民正在田野里辛勤劳作

收获他们的劳动成果

其时

天空纯净

大雁南飞

或燕子低回

真是风景如画

身临其境时

空气可清肺洗心

让人心旷神怡

寺庙晨钟暮鼓

似可启迪人生

领悟禅机佛理……

黄亭市

黄亭市不是市
而是一个集镇
这儿距离我家
约六千米的路程
镇上有一所中学
那是我职场第一站
在这里
我度过了三年多
困惑而焦虑的时光

黄亭市旧属武冈
记得父亲读书时的学校
名叫"武东中学"
取的是武冈东部之意
据《武冈县志》记载
海拔一千米以上的名山
除云山外，还有南山和崀山

以及大名鼎鼎的雪峰山

雪峰山长三百五十千米
宽八十到一百二十千米
是湖南境内延伸最长的山脉
同时也是中国地面第二级
向第三级过渡地带的标志性大山

高山有好水
雪峰山东麓之水汇成资江
雪峰山西边的水流入了沅江
唐朝诗人王昌龄
贬黔阳时作了一首诗
题为《送柴侍御》：
"沅水通波接武冈，
送君不觉有离伤。
青山一道同云雨，
明月何曾是两乡。"
原来，我的家乡
不仅有流蜜飞香的山水
还有唐诗宋词的
余韵飞扬！

黄亭市

作为乡村集镇

分老街和新街

新街拥挤、嘈杂

人来车往，熙熙攘攘

老街古旧

暮气沉沉

中间有一条石板路

两边是商铺

大多是木板房

古老的铺面

木雕的花窗

木门是敞开的

但几乎没什么生意

老街清寂

偶尔可见

戴老花镜的老男人

斜躺在木椅上

闭着眼睛

像是在沉思

又像是在做梦

安静而祥和

古镇人生活静谧

日子过得云淡风轻

漏风漏雨的木板房

镂刻着斑驳的历史

记录着曾经的繁华……

黄亭市东头

还有古老的石拱桥

毕恭毕敬

老老实实

沧桑而顽强地屹立在小溪边

百年千年

桥上建有风雨亭

飞檐翘角

那是南方乡村

一道独特的风景线

拱桥弯弯

岁月长长……

踪迹

故乡是美丽的
但故乡也是忧伤的
故乡的忧伤
与父亲的命运有关
自我懂事起
父亲几乎就没怎么笑过！

父亲命途坎坷
1959 年
他考进南方名校
——中南矿冶学院
可后来
因国家历经三年困难
与全国大多数院校一样
父亲就读的学校停办了！
于是，父亲

成了故乡一个

肩不能挑、手不能提

四体不勤、五谷不分的

可怜巴巴的农民

这就开启了他

一生的不幸！

好在我还有一位

顽强而坚韧的母亲

母亲智慧而贤良

母亲善良而谦让

母亲宽以待人

给予我童年努力奋斗与拼搏的力量！

十二岁小学毕业后

我就离开了故乡

自此，一直在外

求学、工作

几乎浪迹整个南方……

每当我遭遇挫折

或失意的时候

耳边总有

坚强的声音在回响——

"儿啊，你不要怕！"

其时，只有我明白

妈妈的声音

如在耳边召唤！

啊，我的故乡还有妈妈

听闻这声音

我感觉到

妈妈就在我身旁！

流转，奔波

打拼，劳累

忍辱，负重

生活中我像一匹辛劳的马

永不停歇地奔走

在南方的乡村和城镇

辗转和流浪

黄亭市

塘渡口

邵阳市

怀化市

长沙市

抑或衡阳

深圳

武汉

广州

……

南国三千里

风云四十年

乡愁就像一朵云

时时飘在我的心房！

湘黔古道

从邵阳到洪江

有几百里山路

一条茶马古道

一路弯弯绕绕

崇山峻岭间

一路有绝美的风景

有白雾沉潜腾跃

有苍鹰翱翔盘绕

拂去记忆的尘埃

于若隐若现的时光背影里

一种远古的沧桑

和久远的文明扑面而来

千年古道上

光洁可鉴的石板路

或残缺，或断裂

虽有点杂乱

但不妨碍后人想象

翻山越岭

马蹄声声

我们仿佛看见

一队队赶马的商人

把日子安放在马背上

驮满了茶叶药材

兽皮山果

抑或是柴米油盐

感受着岁月红尘

来来往往

打捞悠远的时光

一路悠悠的铃铛声

闪耀着岁月的光芒

风云变幻中

那条蛇形古道

承载着恩怨情仇

映现过日寇铁蹄

震荡过社稷江山

不禁令人喟然长叹！

风雨桥

湘西南

地形地貌复杂

山高林密

重峦叠嶂

滩多浪急

为多民族聚居之地

给人印象最深的

就是

大大小小的风雨桥

风雨桥

亦称花桥

盛行于湘、贵、黔等地

可供过往行人

躲风避雨

故名风雨桥

它一般由桥、塔、亭组成

全用木料打造

桥面铺板

两旁有栏杆、长凳

桥顶盖瓦

形成长廊式过道

塔与亭建在石墩上

有多层

檐角飞翘

桥顶有宝葫芦等装饰

风雨桥

曾被誉为世界十大

最具特色桥梁之一

它

构思独特

工艺精良

坚固优美

是古人智慧的结晶

桥下是溪流

通常水势平缓

但也有湍急奔放的时候

历几十上百年

虽然风雨沧桑

但仍然屹立不倒

它是那样顽强！

我曾经

站在河边

在金色阳光的照耀下

目送夕阳西下

见夕阳下燃烧的流水

我突然想起

罗曼·罗兰的名言：

"爱是生命的火焰，

没有它，一切将变成黑夜。"

南方棕树

那实在是一种

令人激动不已的树

我爱

我爱它

因而也爱着

那遥远的南方

和那一样遥远的

属于童年的故乡

在童年

故乡是一排排

郁郁葱葱的棕树

我忘不了

那棕树的挺拔与自信

一如故乡父老的强悍与豪爽

给人以力量，以壮美，以不朽，以永恒

傲岸不羁

铮铮难犯！

我常想

那该是

屹立在大山褶皱的野性诗魂！

在故乡

童年是一棵棵

忧忧伤伤的棕树

我忘不了

那棕树下的白雾与阴云

沉郁与饥馑

忘不了

山里人紧紧张张地活着

清清苦苦地死去

我也数不清

那古老的棕树

遍布周身的

缕缕伤痕、斑斑皱纹

年复一年粗暴残忍的解析

演绎成了多少

山娃的笑声！

我不明白

在我童年的故乡里

到底有几多痛苦的存在？

到底有几多激越的生长！

江南乡愁

乡愁是什么？

是小桥流水

是绿树掩映

是瓜果飘香

是牛欢马笑

是鸡犬相闻

……

乡愁是什么？

是母亲倚门盼儿的牵挂

是禾苗拔节的声响

是蓝天飘逸的白云

也是冬夜煤油灯前的剪影……

乡愁是什么？

是老祠堂的灰砖青瓦

是老水牛的负重前行

是故乡父老的勤作不歇

也是我父亲

面对困境的声声叹息……

乡愁

是故乡的一草一木

是故乡的一山一水

乡愁是美丽的

乡愁也是令人忧伤的！

我的老家是九洲塘

那里有悠悠的流水

那里有茂密的山林

那是我发出第一声啼哭的地方

也是我原初的梦想生长的地方！

苍茫

多少次，你悄悄地

悄悄地闯入一个男孩的梦境

闯入那片属于四月

属于小河的青草地

星星，闪耀着你露珠般

透明的思考

我看到了

月亮，轻抚着你春风般

柔韧的个性

我看到了

真想把那多年的相思忘记

真想将那几年的羞赧封存

构思一个忽明忽暗的主题

编织一个朦朦胧胧的花期

放一叶风帆于爱河里

让我们的生活少一点孤寂

两根心弦只要真诚

就不难弹奏出美丽的人生!

伊人

秋天来临

青草不再纤柔

伊人靠在窗前

凝望远景

我伫立一旁

看阳光明媚

看满园清寂

晌午时分

没有奔忙的人影

流年似水

伊人终离去

庭院萧索

秋风无语

王子和公主的故事

不再发生

向晚时分
窗外夜色苍茫

默默地期待
明天
或许还有希望
还有阳光
那希望的橄榄枝
是否还会复苏？

我是山

像遥远的海岸等待倦航的归来
我是山，等待着你迟到的依偎

像缥缈的晨雾上下寻不着真实
我是山，为你展示一片伟岸的风景

温婉的四季风的吹拂
等不及的是你朗朗的三月

你将我不偏不倚的期冀
阅读成轻轻的招手、默默的倾诉

那时，七彩光的甜柔洒满
你早春的鹅黄和午夏的热烈

那时，七彩光的自信滋润

挺拔的坚贞和成熟的粗壮

我是山，任绿色吻我无数，爱我无边
我是山，祈祷春天永居人间

风华

早晨

你夹带初夏的风

向我招手

迤逦而来

飘逸的裙裾

盛满笑意

这个春天

注定要发生一些故事

无关风月

无关绯闻

但和煦吉祥

草木

散发着淡淡的清香

蝴蝶在欢欢地飞舞

歌声于无边的旷野

悠扬

飘飘荡荡

世事如麻

谣言

在潜滋暗长

生命

是一个过程

有人觉得漫长

有人觉得凄惶

可你的如期出现

让我减少了许多失望！

时空断想

一

天地悠悠

浩渺无际

与浩瀚的历史长河相比

人的一生实在

太短暂、太渺小！

有限的生命旅程

却有无数的琐事缠身

或病痛折磨

或职场不顺

或穷困潦倒

或命途坎坷……

这些

都可能构成你人生的炼狱

你肯定是不甘心

居于社会底层

或人生低谷

你一定会精心谋划

全力冲击

力图突围

一番艰苦卓绝的

奋斗拼杀之后

你的认识，你的人生

也许能抵达

一个崭新的阶层！

许多的人事

已风流云散

许多的感慨

却酝酿在心中

你的心情一片阳光

此刻

你看到的是另一番风景

——远方的山水秀美如画

虽经历万千流转变迁

却依然散发着迷人的馨香

此刻

你默立于天地之间

心与自然一起跳动

让自己的目光在远方的

山脉、河流、天空间游荡

既感受大自然的豪放奔突

又感受人世间的内敛忧伤

淡漠和冷峻

是那般伟岸又刚强！

二

你一生曾遇到过许多人

有的只是匆匆过客

不会留下什么印痕

但是有些人却能永恒

永恒地

保存在你的记忆里

温暖你每一个清晨与黄昏

你总在寻寻觅觅

看相似的风景

仰望相似的云

怀想远方那些

让你念念不忘的人与事

他们也许

正在天空下的另一端

安静地将你冥想

为你祈祷

或焦急地为你忧虑

为你纠结!

想起这些

你难道不觉得这情景分外荣光?

"人生到处知何似?

应似飞鸿踏雪泥。

泥上偶然留指爪，

鸿飞那复计东西？"

苏轼的沧桑诗句

常常在你心中回响！

对于生命旅途中

那种"雁过长空，影沉寒水"般的

情感闪电

对于那种惊鸿掠影般

偶尔出现的人生奇葩

你除了在过去的回忆中

悉心搜寻之外

余下的就是在当下行进着的旅程中

细细领悟

倍加呵护！

好在当下有网络

网络能将辽阔的空间

和漫长的时间交给你

陌生的人群

跃动的生命

不时也有超越尘俗的情谊

在漫长时间中飘逸

在悠远时光里经营

智慧和情愫

反衬着相应的愚昧

一起呈现在你的面前

就这样

你能够以短短几十年的光阴

去穿越古今

去神驰天地

如此

你难道不觉得今生今世

多么有幸?!

情感季节

这是暮春

抑或初秋？

树木不再蓬勃

芳草不再纤柔

浅浅的水边

杂花丛生

有蜻蜓翻飞

燕子低回

消逝的是一个热烈的季节

空气中弥漫着苦涩

所有的生命都呈现出疲惫

池水变得很浅很浅

荷叶散乱地漂在水面

伊人

端坐水滨

你一袭白裙

天使般宁静

晚霞温润地照耀着

你的身边

一派天光云影

伊人，你恬淡如月

逆光中

我看得清

你的善良与柔情

从容与自信

你或许是刚刚

从凡俗的喧嚣中

痛苦地抽身？

借此时机

治愈你

年轻受伤的心灵

于此

寻觅一个私密的空间

你白嫩如玉的肌肤

衬托着茸茸的睫毛

但没有泪痕

你心中

闪动书香的气息

暖阳下

清纯与智慧

爬上了你的额际

伊人

这个寒冷的季节

因为你的出现

可能会改变

现实的温度

和颜色

问春风

生活中

我们忙碌而沉重

一天天

时光就这样匆匆流逝

春日

好友邀我

一道游远山

听自然教诲

闻春风絮语

任阳光淋漓地冲洗

抚慰粗糙的灵魂

滋润过往的旧梦

刷新久违的情谊

岁月无敌

我询问春风

自己是否还存有

创造的潜能？

生命还可否

萌生些许智慧和激情？

春风不语

月色溶溶

溪流淙淙

虫鸟声声

……

去北方

单调的生活

啃食着我的肌体

灰暗的日子

无聊而枯寂

多雨多雾的南国

日子过得压抑而沉闷

心情很潮湿

多想寻觅一片阳光

把我业已霉变的思想

晾晒，于是

我们相约

去北方

游走北方

远离南国

青蛙在夏夜痴情地歌唱

远离鸣蝉

那日益膨胀和喧嚣的欲望

风和流水

吹散忧伤，带走绝望

燕子

已经迷途

它茫然若失的眼神

找不到温暖的家

姿态虽轻盈

可看得出它很疲惫

它遇见了太多的

无奈与凄惶……

幸喜

北方有茫茫草原

梳理我纷乱的思绪

大漠的风

洗刷我落满尘埃的

灵魂

恢宏的山川

舒展我萎缩的皱纹

悠久的远古文明

与历史光辉

将逐一唤醒我

沉睡的

文化记忆

穿越历史时空

我的生命

需要来一次

大扩张

大跨越和大飞升……

生命

一匹马

在太平年月

于静谧的草原

于星光灿烂之夜

听悠悠长笛

看花鸟缠绵

一匹马

在纷争年代

闻号角厮杀

烽火连天的岁月

有金石之声

英雄在它背上飞驰

江山在它脚下安然

此刻

我看到的

是一匹惊恐万状的马

不缺智慧

不差神勇

因为它前边

是滚滚洪水

它的生存概率

几乎是零

生命绝境中

它选择的是冲刺

拼死一搏

让自己幻化成

一朵激越悲壮的白云

明知前路凶险

但还是要拼啊！

波涛汹涌里

它将自己定格成

一幅惊世骇俗的风景画

由这匹马的绝望

我联想起为人之不易

我们许多的个体生命

有时比马的处境还要危急！

许多的人

跟这匹马

没有什么两样

在他们前头

似乎也是一片汪洋

似乎也是无边的绝望！

时空浩茫

多少富贵与奢华

多少荣耀和显达

多少得意和骄狂

此刻都显得毫无意义！

最终，我们都将

跌入宇宙的黑洞

踏入岁月的虚空

栽进浩渺的苦难

留下永世的迷惘！

我们的生命

终会戛然而止

最后的瞬间

那迅捷的一击

让我们猝不及防

来不及长叹

来不及哀怨

来不及呼唤和回望……

因此

我们要学会珍惜

学会释怀

珍惜别人的友爱和情谊

理性对待生活中的是与不是

成功与名利！

第三辑
江南记忆

童年

童年是妈妈怀中的一声娇嗔
童年是奶奶蒲扇驱赶的流萤

爷爷水烟袋里溢出的愤怒还在呢
光屁股不见了父亲五指的痛恨

田野里蹒跚的岁月像白云
篱笆外开心的游戏如流星

那被山溪冲掉门牙的影儿呢?
那森林里寻找伙伴的回声呢?

童年哟，是一曲稚嫩的歌
在故乡的土地上匆匆飞扬

童年哟，是一帧幽蓝的画
永远镶嵌在大山的褶皱……

乡恋

无须让泪水打湿
这苦苦咸咸的八月
无须让单相思汹涌成
一片涨潮的月色
高傲惯了的梦
将选择一个失意的时辰
在葱郁的阡陌里
流浪着来自远方的鸽群

却须等待
却须等待
在悠悠小河
在芳草之滨
有玫瑰丛深深埋藏的热烈
有纯情的丁香淡淡的忧愁
飞过那远山
穿透你的心
摧折的竟是你绵长的期盼……

故乡

故乡是一盘陈旧的磁带

那里存储着

我的第一声啼哭

我的第一次呢喃

连同那个多雨多雾的季节

连同那南国的青山如梦

连同那梦中的野花如星的日子

故乡是一首古旧的歌谣

贫穷弥漫的山村

饥饿击打我

流水如弦

石桥如弓的童年

农家瘦瘦的炊烟

母亲浅浅的泪痕

老人咸咸的叹息

如今

均已化作乡村悠远的抒情

故乡是一段淳朴的风情

山歌像花儿开满原野

故事丛生的村寨

很少有属于自己的传奇

只见石板路

叠满了老牛的身影

吊脚楼缠绕着

缥缥缈缈的忧伤的古琴声

时过境迁

故乡是一曲永恒的回忆

在我海天悠悠的梦里

春风梳理新柳

阳光装点烟霞

莲子青青如水

春江美丽如诗

湘山楚水啊

到处弥漫着诗情

无不充满着古意……

乡邮员

自从那只小飞鸽

叼走绵长的乡恋一串

我苍茫的心野

便长出了毛茸茸的期待

于是，我把目光托付给

古槐下的那条小路

于是，我把焦急织进

每一个懒散的早晨和黄昏

也许，乡邮员是一片绿叶

有一天会飘进我悠长的顾盼里

也许，乡邮员是一束火焰

燃烧的是我缥缈的梦境……

乡路

这是一条

记载挑夫辛酸

土匪残暴

野兽足迹与风火雷电的

古老的山路！

它宛如一条倦行的巨蟒

在大山褶皱的绿荫深处

悄悄地

蠕动爬行……

迷蒙的晨雾中

礁石般的牛背

黑色的几抹

晃晃悠悠地

哼一段湿重的曲子

仿佛一阵破鼓声

浑厚、浊重、绵长……

虎头虎脑的娃们
挥舞着放牛鞭
拉起长长的调儿
声音里分明
注满了不少得意和顽皮

小羊、小狗
小鸭、小鹅
欢快地在青石板上
扑棱、跳跃、打滚……

故乡哟
在文明发达的今天
你还在抒写
那古朴原始的风情？

暮归

那时候

太阳已经下山

月亮还没出来

天空呈一片幽蓝

蓝得沁黑

幽蓝的天空下

是一脉绵延起伏的山峦

山峦于天光的背景下

形成优美的弧线

那弧线很圆润

也很艺术

世界确乎进入

一种真正的天然

一派无言的静美

静么？不静

山坡下逶迤着

一线长长的人群

人群中有小娃娃

有负重背篓的村姑

有荷锄的大妈大嫂……

星光点点

凉风习习

那亦庄亦谐的趣谈

那思无旁骛的悠然

那不拘一格的甩手跺脚

不也是一种舞蹈么？

在这种简朴的舞姿里

不知不觉地

化成了风，化成了雾

那时候

其实我还小

啥都不懂

可不知为什么

光头赤脚、没有门牙的我

夹杂于人群之中

竟全然没有劳顿的感觉

牵着妈妈的衣角

一路飞跑

跌倒是常有的

可不觉着疼

肚子是空着的

可没感到饿

恒河沙数般的城里人

总是以同情的目光

注视劳苦的乡民

可他们

永远体会不到

乡民的那种舒心和惬意

那种自由和率性

驾一缕清风于故乡里

轻盈地飞翔

劳动就是这样

创造着生活

同时也创造着美

遥远的童年

如梦似幻

让人怀念!

乡民

喝饱了紫外线的山民
整天像拧紧的发条
忙忙碌碌，来去匆匆
如旋风迅雷

牛年马月
演绎的永远是
一道难解的代数题
无怨无悔，无语无声
苦苦劳作，默默收获

他们实在想象不出
城里的伦巴和探戈
更无须流行歌曲
来装饰生活
他们有的是苗拳

有的是醉酒

有的是绵长的山歌……

他们的力气多得用不完

可以阳光般地辐射到

村村寨寨的每一个角落

包括任何一个

孤苦的老人或弱者

他们很少笑

但笑起来却像

峰峦上簌簌的松涛

坦然舒适，而且狂傲

乡民没有追名逐利的想法

因而没有举手投足的

装模作样和谨小慎微

没有那种"爬不上，退不下"的苦恼

乡民，真正是大地的儿子！

春日

阳光在草地上

洒落一地明媚的清新

四野吹来的风

夹杂着花瓣片片

那会是什么呢?

如此欢快地漫天飞扬……

笑语与青春同在春光下闪耀

甜蜜与欣喜排列在我们的额前

风儿将喜讯撒播人间

只为了分享

这劳碌的汗水洒遍

人们幸福的心田

风姿

如花岁月

美丽人生

青春是活力

青春也是严谨

青春是一种财富

青春更是一种精神

那水晶般的眼眸

天空般纯洁

星星般透明

这是一个富于想象

与创造力的群体

誓将豆蔻年华

及生命潜能奉献给

伟大的祖国和人民……

军训

为使绿色的年华更加葱郁

我们迈着正步

唱着军歌

健美的身材

白净的脸庞

融注着阳刚之气和力量之美

我们以军人的姿态规范自己的行为

我们用生命的底气和青春的雄浑

装饰着我们磅礴壮丽的事业

让一切的缠绵都黯然失色

我们追求的是情感的极致

生命的极致

拔河

拔河是默契

拔河是协调

拔河是意志的对决

拔河是力量的抗衡

团结一致

齐心协力

我们是一个不可分割的整体

在工作和生活中

我们记住了

一个深刻的道理

雪景

瑞雪

让群山变白

朝华

让人间增色

雪花轻盈

姑娘翩翩

玉树琼枝

挂满了人生喜悦

雪，落在地面上

雪，也击打姑娘们的心弦

乘着片片雪花

飞扬在洁白的世界

缤纷了青年的视野……

假日

岁月辛劳

生活匆匆

幸亏还有假日

在这生命的季节里

我们气定神闲

养精蓄锐

控制生活节奏

清理大脑信息

打开难解的心结

在一片自由的天地里

我们可以

将自己的爱好尽情挥洒

跳舞，漫步，运动

读报，写字，弹琴

提升自身素质

缓解生活压力

我们希望

人生的假日

有更美的期待

和诗意想象的空间

烧烤

难得的节假日

我们去远郊的溪边烧烤

带了烧烤的铁架子

木炭、食物和水

整个感觉

仿佛一帮大人在玩火

我们在回忆

童年时候自家柴火灶膛前烧烤的乐趣

把有关烧烤的一些故事细细回味

远处田野里耕作的农民兄弟

朝我们张望

惹得我们几位农家出身的子弟

想起了老家业已抛荒的田地

柴火烧烤的牛肉、羊肉

土豆、玉米是最诱人的美味

炉子里不断响起

毕毕剥剥的声音

火炉子里不断飘出

带着脆响的香味

烧烤的食物是最为久远的记忆

三五好友唱歌

说笑，喝酒，添柴

就在那一刻

把世俗抛到九霄云外

远山近水

浑然天地间

袅袅炊烟

氤氲着天然真趣！

第四辑
江南怀念

清明雨

由近而远

淡烟轻雨

朦胧一片

那重重叠叠的清明雨

如花似梦

轻轻柔柔

无边丝雨细如愁

总有一缕淡淡的忧郁

在这纷乱的雨中

以不易觉察的空灵飘过

这正是，心烟亦如雨

是"细风吹雨弄轻阴，

梨花欲谢恐难禁"

还是"小风疏雨萧萧地，

又催下、千行泪"

抑或"江梅已过柳生绵，

黄昏疏雨湿秋千"？

世上的事情

又怎么说得清？

淡淡的惆怅，浅浅的寂寞

都随了那唐诗宋词

飘落绿肥红瘦

烟雨中的游子

从外面匆匆赶回

心中注满了乡愁

他们问候，他们言笑

仿佛是天空流荡的无根的云

在经历了漫长的流浪后

蕴积了所有的情绪

饱和了无数的沉思

像一首无韵的曲

如一首无字的歌……

且随风去

这是四月

江南尽显秀色

渐行渐远中

有小桥流水

垂柳拂岸

还有古老的石板巷

脱俗的白玉兰

这流韵

随着江南斜斜的青瓦淌下

在旧屋的飞檐上凝集

积蓄着无奈与感伤

不由自主地坠落

每一声檐滴

都是游子真实的心情

此时此刻

天朦胧

雨朦胧

河亦朦胧

乡情更朦胧……

祭祖感怀

赧水河

难忘祖宗悲壮的历史

勤劳的先辈们

故乡永远铭记着你们

沧桑的人生

多少个夜晚

我抬头仰望

浩渺的苍穹

遥远的天空

皎洁的月亮

温柔地照耀着

眼前这清朗的土地！

我傻傻地猜测

有哪些星辰

对应着我的先辈和亲人？

当初

我像一粒不被人重视的种子

撒播在湘西南

一个深秋的早晨

悄然诞生

乡风的熏陶

祖宗的遗训

父母的教诲

先后把我滋养

让我懂得了行事处世的规矩

让我知晓了待人接物的分寸

先辈有大智慧

祖宗有大恩德

哺育滋养了我

对人生意义的领悟和理解

对人世的是非曲直

对世间的善恶美丑

我有了自己初步的判断

滚滚红尘里

我遥望过往的历史

虽隔着千山万水的时空

可我还是相信

做人永远要做

一个堂堂正正的人

做事一定要做

有益于家国复兴的好事！

我感恩

感恩祖宗的良好基因

和生命密码

感恩祖宗的文化传承

他们的精神品格

在我的血液里潜滋暗长

在这卑微的人世间无声地流淌

冗长岁月里

我们向善，求真，崇美

漫漫征途上

我们苦干，拼搏，飞翔！

人世浩茫

岁月流转

甲子一轮回

几十年过去了

一路上

我逆水行舟

负重而行

躬身自省

自觉问心无愧

……

端阳

你离开汉江

离开那座伤心之城

牵挂着

濒危的故国

开始南行

在青山绿水的沅湘之间

在波涛汹涌的云梦泽畔

生平枯寂

幸好还有天边的斜阳

幸亏还有天上的月亮

往事如白云

几度心潮翻滚

佞臣、贤君

香草、美人

诸多意象

演绎无限忧伤

和一颗流血的心

胸挂一壶酒

腰系一长铗

一路弹唱

一路行吟

风尘仆仆中

有了《九歌》

也有了《天问》

一声声

叫人心碎

还有那

《离骚》

穿越历史

穿越千古风云

而今

又是端阳

南方总下雨

诗人总流泪

我不知道

天下的江河

是否都如这般地涨水

龙舟竞渡

锣鼓齐鸣

是怀念过往的岁月

还是要拯救

那远逝的

汨罗江诗魂？

古树

一声悠长的叹息

惊醒了我

那遗落在大山褶皱的梦吟

童年是遥远的

却那样清晰

而清晰的一切

则一去难回！

如今

巍巍青山

遮天蔽日

花香鸟语不见了

潺潺溪流

悠悠牧笛

晴川历历也不见了

然而

故乡隆起的一片片

赭黄色的激动与愤怒

懊恼与惆怅，我看到了！

这是那年

我邻家的三奶奶

久病不愈

托人从几十里外

请来

为她祈福的

救星树！

这是故乡父老

顶礼膜拜

祷告苍天

祈求风神雨神的希望树！

救星树哟，希望树

你竟毒蛇般地吞噬着

游子漂泊多思的魂灵……

父亲

七月

水稻生情

辛劳涌向父亲

炽烈的阳光

把我疲惫的父亲

夸张得皱皱褶褶

幽蓝的月亮

在夏夜晚风里

照耀着父亲的竹鞭

老水牛喘着粗气

如梦似幻

浑厚，苦涩，苍茫

岁月如流

而今

过往的历史

已如浮云

在那春笋般疯长的城市

父亲总是失眠

他恳求

一定要回老家去

九洲塘是他的根之所在

那么固执

那么坚定

我知道

在故乡

父亲有许多的忘不了

忘不了青山如梦

蛙声如潮

忘不了乳燕翻飞

作物拔节的声响

还有

那朝夕相处的乡邻

那节奏分明的季节……

祭母文

公元二〇一三年农历二月十三日，不孝男致祭于慈母之灵前，吊之以文：

苍天无情，吾母病逝
生死永诀，最是神伤！

忆及吾母，苦难一生
一九三九，生于井冲

母亲年幼，体弱多病
成年之后，嫁九洲塘

家境贫寒，空空荡荡
更兼势单，外援匮乏

吾母勤劳，节俭持家
忙于田园，奔走厅堂

敬佩吾母，品德高尚
善良贤淑，明理大度

侍奉公婆，体恤父亲
慷慨好施，和睦乡邦

母亲能干，名扬三乡
穿着朴素，行事大方

生有二儿，育有一女
粥饭浆洗，艰辛备尝

自豪吾母，资质聪颖
传统女红，无不精工

刺绣剪裁，窗花鞋样
上村下寨，竞相效仿

喜好练琴，擅于绘画

爱好唱歌，韵味悠长

常有作品，发表报端
亦有剪纸，省市获奖

吾母育儿，教导有方
劝儿刻苦，奋发图强

勤学好问，学真本领
严于律己，做好儿郎

吃亏是福，行善有果
为人低调，遇事谦让

儿女成才，孙辈茁壮
君子之风，山高水长

儿女孝顺，尽心赡养
云开日出，天伦初享
二〇〇五，吾母染疾

先是县城，后是邵阳

辗转杭州，再奔湘雅
又下广州，求医无果

可怜吾母，晚福未享
二月初九，撒手人寰

岁月有痕，人生有羞
不幸吾辈，报恩无望

苍天无眼，吾母病殇
痛哭流涕，肝肠寸断

号泣祭奠，长歌当哭
特撰此文，诉以衷肠

唯愿吾母，地下有灵
呜呼哀哉，伏惟尚飨！

祭父文

呜呼吾父，大名张文
小字宝元，一介书生

民国出生，九洲乡村
戊寅五月，二七诞辰

二〇二三，岁在癸卯
三月十四，辰时掐断

因病而逝，寿终正寝
享年八五，音容渺然

吾父一生，历尽艰辛
六岁失怙，随母求存

十岁入学，私塾启蒙

十七负笈，求学武东

节衣缩食，勤学苦读
成绩优秀，升学长沙

国家经济，一时困难
六一停办，返乡生产

先是会计，后是秘书
账务管理，有条不紊

七〇从教，数学语文
动荡年代，屡遭厄运

八十年代，教职复原
望江九洲，双龙冷水

严寒酷暑，风里雨里
传道授业，教书育人

九十年代，儿女长成
腾蛟起凤，家道荣兴

至新世纪，渐入老境
虽已年迈，龙马精神！

吾父治家，教导严谨
二男一女，贤良满门

长子建安，爱好诗文
著书立说，名震星城

次子立安，多艺在身
规划设计，技惊杭城

女儿二萍，远嫁羊城
待人接物，远近闻名

吾父处世，唯以情真
表里如一，不存欺心

诚实交友，肝胆照人
性格刚直，多得罪人

与世无争，安分守本
高风亮节，不染一尘

我等儿女，欲报深恩
寸草春晖，安享天伦

奈何无常，不期而临
水流东海，夕阳西沉

哀哉吾父，从此土遁
恩比天高，情比海深

万语千言，哽咽难尽
家奠顿首，悲泪倾盆

岁月无情，教诲铭心
天地悠悠，风范永存！

五月中国

五月

奥运即将举办的激情

还在南方的城市里燃烧

五月

我们的国民

还沉浸在神圣的喜悦中

街道洋溢着祥和

火炬传递着友谊——

世界将目光锁定中国

中国成了世界的中心

五月的广场

有花朵在开放

五月的公园

有音乐在飞翔

五月的河流
有帆船在滑行
五月的乡村
有农夫在奔忙……

5月12日
我还在进行一个
羞愧的午睡
美梦中
居然没有感觉到
大地的摇荡

是电话的铃声
催促我翻身起床
坐在电脑桌前的我
感觉到全中国
都在惊慌
14时28分

地震——

这黑色的死神

如发疯的猛兽

突然

向我汶川的同胞发难

狂风暴雨中

电光闪闪

雷声隆隆

一瞬间

楼房倒塌

道路阻断

乡村沦陷……

没有丝毫预兆

也没有一点警告

老天爷就让我

成千上万的父老乡亲

和兄弟姐妹

来不及定神和呼喊

就终止了生命

时光凝固

灾难汹涌

总理匆匆赶往汶川

带着疲惫与辛劳

率领子弟兵

来到危险的最前沿

亿万民众的目光

随电波飞驰到西南方的四川

全世界的友善

与灾难中的中国紧紧相连

自然的翻脸

让人类的友爱又一次点燃

世纪的阵痛

将生命与人性重新来考验

五月的中国

虽有死难

虽有哭泣

但我们一定能挺住——

走过这千难万险！

汶川之殇

汶川

那是个美如梦境的地方

有云遮雾罩

有花鸟缠绵

树木葱茏

四季芬芳

汶川

那是个放飞希望的地方

有沟壑纵横

有高速飞越

河川丰沛

绿水荡漾

亿万斯年

它是那般让人景仰

科学家解说

它来源于

地质板块的碰撞

它本来就是

地球愈合的创伤

我相信

5月12日

那惊天一瞬

就是

亚欧板块与印度洋板块

突然撞击的回响

只是你

演绎的这个梦魇

实在太可怕

让人太惊慌!

母亲的痛苦

妻子的眼泪

丈夫的鲜血

儿子的生命

你能忍心目睹

这千万生命的巨创?

当代神农

袁隆平

这个光辉灿烂的名字

集中了太多的荣誉和智慧

您是"共和国勋章"获得者

您是世界杂交水稻的培育人!

您的功勋无与伦比

您的业绩与日月同辉

是您,解决了中国人民的吃饭问题

在我辈芸芸众生面前,您是巨人!

2021 年 5 月 22 日

湖南长沙,细雨凄迷

哀伤的情绪弥漫在城市的上空

五月的长沙虽已暖和

但我却感觉脊背生寒

悲伤如潮漫上心头！

尽管医院全力抢救

尽管您的家人在床边为您吟唱

您喜欢的《红莓花儿开》

大家都期待您能够睁开双眼

但最终还是没能出现奇迹！

今天的湖湘大地

老天在为您垂泪！

在这条我走过千百次

再熟悉不过的湘雅路上

来自四面八方的

经历过严重饥荒的 40 后

50 后、60 后和 70 后

还有衣食无忧的 80 后、90 后们

甚至连 00 后的学生都不约而同自发赶来

送别一个造福全人类

一个自称自己是农民

一个平易近人却不失幽默的

平凡而伟大的人民科学家！

没有经历过饥饿的年代

就不知道粮食的珍贵!

今天,我们永远失去了您

一个全心全意为人民奉献的

中国人民的伟大儿子!

长沙人民是晓得感恩的

三湘四水的百姓是晓得感恩的

古老的中华民族更是晓得感恩的!

因为,人民心中有一杆秤

什么样的人值得敬重

值得仰视、值得膜拜

他们一清二楚

这一天,数十里长街

送别您的场面让世界为之动容!

有情有义的长沙哟

无数市民

拥在湘雅医院的门前

人们站立街头

只为了送您

送您这位给天下苍生

带来温饱和幸福的老人!

街道拥堵的长沙

自觉为载负您遗体的灵车

腾出一条路

汽车几次发动前行

又几次退回

真正是载不动啊

海潮般汹涌的千万市民的哀愁!

可歌可泣的湖南人

数以万计的民众

一路上,雨中小跑

所有车辆皆自发鸣笛

路边群众手捧鲜花

无声流泪、哀恸

夹道相送

高呼:

"袁爷爷，一路走好！"

到处都是抽泣

到处都是哭声

百姓的自发哀悼

没有丝毫做作！

无数的泪水

化作蒙蒙细雨

这种场面

让人感动

令人揪心

由不得多情的诗人不

大泪滂沱！

今天

这座拥有千万人口的都市

为您送行！

稻菽千重浪

粒粒皆辛苦！

人民虔诚地感恩

感恩您培植的灵稻嘉禾！

回溯历史，谁不知道

粮食是中国的最大难题

历史上，任何朝代

任何政府都没能解决

新中国成立后

能否解决中国人民的吃饭问题

不仅是一个严峻的经济问题

更是一个严肃的政治问题！

1949 年中华人民共和国刚成立时

我国粮食产量仅为 1131.8 亿公斤

平均亩产仅为 68.6 公斤

人均粮食占有量为 209 公斤！

没有杂交水稻之前

人们时常饿肚子

亩产四五百斤

就是好年成了

差的年份只有两三百斤！

伟人提出亩产要突破 800 斤

可生产队长说

"这太难了，简直是无法实现的梦想！"

杂交水稻成功培育后

农民随便种

都会亩产超千斤

您是真正把论文写在大地上的科学家

您是当代的神农！

今天

您将自己埋葬在泥土深处

埋在人类的爱的深处

您是短暂地休息

您把自己种进了大地

也将永远获得新生！

人们无法抵抗生老病死

但会永远铭记您这颗历史上的巨星！

祖国吉祥

——献给中秋、国庆双节

白鸽

在秋日的天空下

唤醒十月的第一缕晨光

鲜花

把大街小巷

城市广场

装饰得喜庆而辉煌

红旗

激荡着永恒的活力

歌声

闪耀着金色的光芒

伟大的节日

到处铺展

美丽的霞光

无论是草原、河流

185

还是田畴、山岗

万里河山

弥漫喜悦

神州大地

写满吉祥

民族振兴的事业

让十月显得更加鲜亮

中秋的巧遇

迎来丹桂飘香

纵情歌唱

为伟大祖国

奉献喜悦的华章

万众欢呼

祝愿我们的祖国

愈加繁荣富强！

走过六十年

六十年前

北京天安门城楼

一个操着湘潭口音的湖南人

向全世界庄严地宣告：

"中华人民共和国、中央人民政府今天成立了！"

从此，独立自强的共和国

屹立在世界的东方

从此，一个伟大的文明之邦

历史航船开始了新的航向

大河奔流

翻卷过多少迷乱的漩涡

岁月如潮

洗刷过多少沉重的失误

风雨兼程

一路耕耘，一路收获

劈波斩浪

一路拼搏，一路凯歌

香港、澳门回归

"神舟"、奥运惊人

全世界都在为您喝彩

您的脊梁，终于挺立

让全世界的人们

为之折服，为之仰视！

您终于用勤劳与智慧铸就了

一个强大的中国！

您用和谐的方式

播撒着华夏五千年的文明

您用善良与正义

捍卫着中华民族的尊严和自信

洪水冲不垮您钢铁般的意志

冰霜没有让您的眉头紧锁

大地震几度摧毁我们的家园

可大难面前

您始终没有丝毫的退缩!

六十年沧桑

六十年磨砺

祖国啊

您已经变得无比强劲!

告别诗歌的日子

严冬覆盖着荒野

小草未曾长眠

落木黄叶潇潇下

万物生生不息

黑云几度压城呀

太阳仿佛停止运转

人生几多失落哦

时光从容不迫……

一

此时

我远离喧闹的城市

此刻

我身处荒僻的乡村

坐在冰冷的日光灯下

站在雨打芭蕉的窗前

把从前激越的日子怀念

把十年前遗落的诗情捡拾

曾经

我也年轻

激情燃烧

热血沸腾

曾经

我也纯情

清清爽爽

一派青春

在多雨多雾的

南国小镇

是诗歌点燃我

男儿的自信

稚嫩和脆弱

曾让我委屈

是诗歌支撑我

与苦难的人生抗争

诗意点点

诗情片片

不怨不艾

不亢不卑

如花朵

开放在大江南北

似阳光

温暖我寂寥的心田

友情的种子

在孤单中萌芽

共同的爱好

结成神圣的联盟

晚钟在夕阳里

捎来片刻宁静

月光悄然

已爬进附近的山林

田园牧歌

千首万首

质朴无华

放飞理想和激情

静默的风景

美化了现实

洗涤了心情

温暖了岁月

照亮了人生！

二

如今

"太阳花"文学社

已杳然远去

可"太阳花"精神

却永远长存

君子之交啊

恬淡如水

言而有信哦

行必有果！

灵魂撞击

相互鼓励

踔厉奋发啊

至性至情！

爱情的日子

如期降临

青春絮语

绵远动人

寄给你的勿忘我

藏着一句关于勿忘我的悄悄话

可不可以

给我一朵流泪的微笑

送你一束含笑的忧伤……

有诗陪伴的日子

就这样似癫胜狂

有诗滋润的日子

是那般如梦似幻！

三

年岁推移

我变得世故

物欲熏染

我日趋昏庸

怠惰

什么时候缠上了我？

麻木

什么时候渗透进我的身心？

北京的《诗刊》

在我书柜封存

成都的《星星》

落满了灰尘……

寻寻觅觅的目光

注视着东南沿海

躁动不安的情绪

早已另有所待

苟且投机

打发匆忙的日子

人生的副刊

每天发表致富的传奇！

名利的海洋

诱惑我扑腾

市场的严肃

给我以警醒

接连呛水的生意经

令我心力交瘁

孤单无助的灵魂

在世俗的天空里飘荡

东奔西突

我心寒似冰

沧海横流

我丧失了诗人的本真

红尘滚滚中

我追逐利禄功名

而今，我的人生

将迈入老境

幡然醒悟后

重新点燃诗情！

四

告别诗歌的日子

成天浑浑噩噩

犹如土地

不种植庄稼

任凭榛莽横生！

好比人心

远离了良知和人性！

没有诗歌的日子

我灵魂脱离躯壳

仿佛游子

远离了故乡和父母

走近诗歌

我如同回到了

久违的故里

满心欢喜！

充实的日子

不再空虚迷茫

有诗歌润泽

我宛如走进仙境

明丽的天空

令我每天都气爽神清!

人生苦短

真想揪住人生的尾巴

生活如歌

感悟日新月异的人生

那些晦涩玄奥的句子

不读也罢!

那些佶屈聱牙的词句

不写也无妨!

诗歌永远

要有诗歌的模样

矫情妄言

不能达情言志

锤炼字词和诗句

更好地书写人生

用新知充实大脑

用文明清洗灵魂

……

致老同学

朋友

你还记得1985年

那个仓促的日子吗?

在李子园

我们轻轻地挥手

或沉重地握别

从此，火红的青春

在江南的烟雨中

渐行渐远

俯仰之间

就是二十年

二十年前的秋月

装饰着我们的旧梦

二十年间的秋雨

打湿了我们的心田

时光无情，岁月无敌呵
——我们不再是青年！

当年鲜嫩的面庞
而今可能皱皱褶褶
当年的纯真稚气
而今可能衍化为老练
当年天真无邪的书生们
而今早已为人父
或为人母
守卫的是一个家园
支撑的是一片蓝天

日月经天
江河行地啊
沧桑的是历史
蓬勃的是事业

岁月不居
时节如流啊

改变的是容颜

不变的是情缘！

二十年来

古老的邵阳

已换地改天

二十年里，亲爱的母校

也实现了跨越式发展

当初

我们激情放歌：

"再过二十年，我们来相会！"

今天，我们慨然赴约：

"二十年走过，我们喜相迎！"

也许你走上了领导岗位

抑或还是普通职工？

也许你成了富豪

抑或还是平头百姓？

但是，时间

会冲刷掉那功利

与世俗的尘埃

但是，阅历

会开启我们的淡泊之心

和智慧之门

因为啊

在纯洁高贵的人性面前

一切的一

都已变得微乎其微

一的一切

都已显得无所谓

二十年走过

我们终于明白——

作为普通人

最宝贵的

还是健康和平静

作为读书人

最重要的

还是简洁和清醒

人到中年

我们感受到了生命的负重

中流击水

我们认识到了拼搏的艰辛

我们来聚会，来交心

我们要倾诉，要抒情

它注定是我们的精神大餐

它无疑是我们旅途中的胜景

往日如风，我们曾

拥有不俗的业绩

明朝有虹，我们定会

开拓更灿烂的前程

让远逝的青春

在欢歌笑语中粲然飞扬

让将来的日子

在珍贵的友情中溢彩流光！

第五辑
江南叙事

驻村书记

扶贫攻坚，一个没有硝烟的战场，一个沉重而充满希望的话题。在这个战场上，有一群挥洒血汗、勇于奉献的战士，他们义无反顾、前仆后继，奋战在乡村扶贫第一线。他们拥有一个共同的名字，那就是"驻村书记"。

——题记

一

你来了，村里的道路都硬化了
你来了，村里所有的路灯都亮了
你来了，村里的污水和垃圾不见了
你来了，村里的老百姓就有希望了

当思想成为行动，一种情怀得到诠释
无私与奉献，信仰与担当
那是一种淬火的历练
一位驻村书记的故事就从这里开始……

二

由于种种影响

沿海大批公司、工厂关门歇业，停工停产

多少打工者的淘金梦破灭

无数村民纷纷返乡

新落成的村部里

老百姓一双双期待的眼睛

让你感受到了共产党人的责任和担当

那么多留守儿童、孤寡老人

等着你去看望、安慰

那么多破旧的危房等待你去改建

那么多矛盾纠纷需要你去调解

还有，村里那么多的兜底户，等着你

等着你送去党的雨露阳光……

王大娘的儿子儿媳都打工去了

留下祖孙二人在家

你带着卫生员去看望她的时候

老人家老泪纵横，紧紧拉着你的手

久久，久久不肯放

此时，你的电话又响了
这是湾里院子的阿贵打来的
他曾经带着发财梦外出打工
现在回到村里，家徒四壁、无米下锅
你松开王大娘的手，来不及道别
就急急忙忙奔向阿贵家

当年，阿贵嫌弃家乡山窝窝穷
兴冲冲去沿海打工
如今耷拉着脑袋返乡
光景甚是无助和凄凉——
衣食无着，一心只等救济款

还有，还有村里那个阿牛
好吃懒做，胡搅蛮缠
正事不做
整天追着扶贫干部要婆娘

唉！乡村的事儿样样难

党中央发出"扶贫攻坚"的号召
我们要带领乡亲们在贫困中突围
要让老百姓感受党的温暖
让破败的乡村彻底改变模样
你得静下心来
把思路捋捋，细心谋划、精心考量

要想富，先修路
县里、市里、省里
报计划、跑项目、要资金
扶贫既要有耐心，还要有智慧
扶贫既要有干劲，更要开动脑筋
殚精竭虑，凝聚民心！
扶贫资金带来了
技术员也请来了
阿贵与阿牛的劳动热情随之高涨
父老乡亲们陆陆续续从外地回来了
他们带着疑虑，也揣着希望回来了

你是书记，你是领头羊

你是党员，冲在最前方

这是一场没有硝烟的战争

你不能畏惧，更不能退缩

真抓实干，不怕苦累

流汗流血，斗智斗勇

你相信：

冬天来了，春天不会遥远

风雨之后，必定会有彩虹！

三

一个月两个月，你坚守着岗位

一年两年，你奔走在乡里

不知不觉

田野里的稻子熟了一茬又一茬

山岗上的树木黄了又绿，绿了又黄

从县城到乡村，从乡村到县城

风雨中，你来往穿梭，总是匆匆忙忙

党的扶贫政策催生出无穷力量

乡亲们大显身手，个个摩拳擦掌

在你的带领下

阿贵、阿牛养起了鸡和鸭

在你的带领下

家家户户办起了养殖场

都是勤劳人啊，没有人袖手旁观

他们脸上没有了愁云

他们信心满满，喜气洋洋！

星移斗转

你的汗水，终于换来了喜悦

累月经年

你的努力，终于取得了收获

村前的草坪里，有成群的鸡鸭

村后的山坡上，到处是猪牛羊

偏僻的山沟沟，五谷丰登、六畜兴旺

宁静的乡村里，热闹和谐、人欢马叫

走地鸡，不含激素

黑山羊，土生土长

好产品，就该有好市场

新时代，你引导村民学习上网

向山外的世界推销家养的鸡鸭牛羊

这些都是绿色产品啊

安全、环保，更有营养

这些都是老百姓血汗的结晶

也是他们金灿灿的梦想！

四

你进行座谈、走访村民

每天忙忙碌碌

因为商机不可耽误啊

山民的期待全在这里

扶贫路上，你集中了全部的思想和精力

你说："我是共产党员，就该奉献！"

你时刻关心着群众的冷暖，你把群众当亲人

这是你入党时的庄严承诺

这是你做驻村书记的责任！

村头东明家的烤烟房突然断电

晒谷坪上的烟叶堆得像山一样

这可是东明家一年的血汗

要是这些烟叶腐烂，他们家的收成就全泡了汤

了解情况后，你心急如焚

跳上汽车，一溜烟疾驰而去，奔向县城

说尽了好话，硬是请来了专业电工

又是查线路，又是换配件

等到电路完全恢复，时间已近黎明

看到一片片金黄的烟叶从烤烟房里取出

东明一家人眼睛湿润、泪水横流

那个感激啊，真的是稀里哗啦、一言难尽

此时，你又瘦又黑的脸上写满了疲惫和艰辛

扶贫路上，你始终不忘

自己是一个驻村书记

你将自己这样定位

永远牢记着——

立党为公、执政为民！

五

贫困户的档案，你一本一本仔细翻阅

几百户人家，你挨家挨户找上门

为了让所有的村民都能感受到党的温暖

你事无巨细，总是站在破解疑难杂症的最前沿

阿贵养殖场规模扩大，人手不够

你多次帮他联系人来帮忙

现在，阿贵的儿子也考上了辅警

从那以后，你路过他家门时

心里充满自豪，特有成就感！

在查阅脱贫户的档案时

你还特意记下了阿牛的生日

并从镇上带回蛋糕

当你把生日蛋糕摆上餐桌的时候

突如其来的暖流，将长期孤独的阿牛深深打动

从前蛮横的阿牛将你紧紧抱住

一个男子汉哭得像个孩子……

一桩桩，一件件

都是感人的画面

都是动人的场景

都是你扶贫路上来之不易的惊喜！

六

在这场扶贫攻坚战争中

你把自己锻炼成了一名优秀战士

披星戴月，逆风而行

唯愿村民少一点埋怨，多一点笑声

弯弯的小路记住你的脚印

善良的老农记住你的伤情

寒来暑往，你从没说过自己的苦

总把党的嘱托挂在心头

为了让百姓摆脱贫困

你坚持留守乡村

为村民解难，为百姓排忧！

扶贫的路上，你一天天变得成熟

当初一个走在田埂差点摔跤的白面书生

如今变成能熟记农事、农谚

善于察看禾苗长势、病虫情报的老农

而今，你可以自豪地说：

"没有一点本事，怎么会去扶贫？"

这朴实的话语

真正诠释了共产党人的人民情结

也说出了千千万万驻村书记的内心话语！

离开村庄的那一天

你与牛，与草，与树上的鸟儿

说了很多很多的话

开春时，村庄充满了笑语欢声

到处热热闹闹、和谐文明

突然，你有一种在此扎根、安家的冲动

七

光阴荏苒、岁月如流，一晃就是几年

在决战脱贫攻坚的战场

有多少故事发生

是他们，用汗水与生命

铸造了新时代的真正传奇！

2020 年，乃脱贫攻坚决胜之年

脱贫，还只是乡村变革的起步

可小康的实现，仍需要我们奋力前行！

一路上，正是这千千万万的驻村书记

让党的政策、党的光辉，落实到、播撒到每一个家庭

正是因为有了他们

我们的事业才变得如此强大，永远不可战胜

正是因为有了他们

我们的祖国才会

有如此辽阔、如此壮观、如此辉煌的风景

不忘初心，牢记使命

以人为本，信念永存

这就是我们共产党人的伟大精神！

驻村主任

我曾是一名军人

十年前，从部队转业

供职县电力局

作为一名普通公务员

在这里，津贴不多

工资不高，但工作不累！

小县城流行

许多娱乐活动

唱歌、跳舞、打麻将

没一样是我喜欢的

我只喜欢看书

还喜欢写作

我是一名省级作家协会会员

平常，天天写诗

别人称我为诗人

2018 年

领导委派我

来到邵阳县黄亭市镇

驻扎望江湖村

我成了一名驻村主任

自那以后

整天忙于琐碎而具体的事务

只好把写诗搁置下来

不是不想写

而是我肩上的担子重

工作特别忙

实在没有时间写啊！

领导把一个两千余人的村子交给我

既是对我的考验

也是一份沉甸甸的信任

我深感责任重大、使命光荣

我不敢掉以轻心、麻痹大意！

望江湖村

位于黄亭市镇与霞塘云乡交界之地

虽说离县城不远

但是交通不便

镇党委肖书记把我叫到他办公室说:

"党委任命你为望江湖驻村主任,

你的核心任务是要想方设法,

带领村民,

争取用三五年时间,

真正甩掉贫困落后的帽子!"

我曾是军人,军人以服从命令为天职

我把肖书记的嘱咐牢牢记在心里

赴任望江湖村

初来乍到

我首先召集"村两委"班子成员

开会,调研,分析

然后分组、分工

有序开展各项工作

首先是了解情况：

大排查、大整改

严格按照县委

部署的"六个一"要求

带领全体村干部和扶贫队员

对全村七百五十八户村民

扎实开展入户走访

每到一家，每走访一处

我都认真记录

对群众反映的困难

能立马解决的立马解决

不能解决的记在本子上

记得贫困户张汉文家里特别困难

夫妻二人都已年过七十

儿子身患重病

常年瘫痪在床

儿媳妇出走多年

唯一的孙子又是精神病

家里不仅缺粮

而且住房还存在漏雨情况

获悉此情

我当即从口袋里掏出五百元

要他们先买点粮食

以解决吃饭问题

并鼓励他们

要树立对生活的信心

接着立即联系镇城建办的王主任

来现场查看

为他申报危房维修

忙前忙后

还垫资一万余元

帮助张汉文在十天之内

完成了房子的维修工作

周边群众莫不拍手叫好！

还有今年七十八岁的谢黑生

年老体弱，多病

生活难以自理

因单身的儿子，常年在外务工

无人照顾他

村委会得知这一情况后

我带领班子成员去走访

就像对待亲人一样

带油、米、菜等生活物资去看望

让他感受到党与政府的温暖

实话实说

我除了对群众

对事业有一腔热情之外

别的我啥都不懂

既无乡村建设理论

也没有什么实践经验

怎么办？怎么办？

还能怎么办

除了老老实实干

除了老老实实做

没有别的办法！

学，是学党和政府

有关文件政策

该搞懂的一定要搞懂

自己不懂

又怎么去向老百姓解释呢？

老百姓不懂

又怎么可能跟着你去干去做呢？

所以，该死记的必须死记

该背诵的就必须背诵下来！

一天记不住

就搞两天

两天记不住

就搞三天！

走路时背诵

吃饭时默想

累了，洗一把凉水脸

饿了，就泡一包方便面

……

其次就是做

作为一名驻村主任

我必须比其他村干部要懂得多

还要做得好！

这样，群众才会信服我！

其他党员才会跟我走

只有自己把各项政策学通学懂

学深学透

我才有资格

去指导村里其他人工作！

才能准确把握党的方针政策

才能在老百姓心目中留下好印象

才能树立崇高的威信！

乡村即景

村庄很大

但因年轻人都外出务工

留下的尽是老人与孩子

村庄显得很空

特别是那个

因下游修水电站而形成的堰塞湖

一直闲置在那里

虽然湖光山色

风景好看

但不长鱼、不长虾

真是浪费了大好资源

白天

堰塞湖

倒映的是悠悠白云

流线型的鸟影

在空中划过

夜晚

四周只剩下

村庄的沉默

零落的灯光

忽闪忽灭

乡村寂寥

日子难熬！

春天

村前屋后

四处空余的土地

长满了杂草

开满了野花

望着那坡坡岭岭上

葱郁美丽的草木丛林

村民生出无数的想法与愿景！

资江边上

资江

是清澈的

在村庄前面绕行

它很低调

像一位安静的少女

整日悄悄地流淌······

春夏时节

阳光和煦

田畴敞亮

到处是繁花盛景

黄的，红的，白的，紫的

各色各样

蓬勃而热烈

远远的

我就认得出它们

像自己儿时的伙伴一样

可以亲切地

叫出它们的名字

这是紫云英、蒲公英、洋地黄

那是马兰头、二月兰、点地梅

还有那杜鹃花、芍药花、牵牛花……

跟我一样

它们也是山村的孩子

生活在这一块偏僻的土地上

头顶同一片蓝天

风起时

此起彼伏

相互颔首致意

落寞时

神色黯然

垂首默无声息

山村变了样

如今
美丽的天子湖
是国家级湿地公园
自从修好那条
通往县城方向的
高标准水泥路
乡村就发生了
翻天覆地的变化！

在外务工的青年
陆陆续续返乡
回归田园
发展畜牧业、养殖业
昔日贫瘠的荒野里
兴起了各式各样的产业

这是邵阳县望江湖村

曾经是省级贫困村

也被叫作"贫瘠村"

如今已成为邵阳

乡村振兴的榜样

旅游开发的标兵

时光荏苒

过去的荒山

长出了嫩绿的花草

和油茶、药材等各种经济作物

沧海桑田

星辰日月

望江湖露出了笑脸

而今

行走在乡村水泥路上

修缮后的吊脚楼已成为特色风景

扶贫工作者

以文旅扶贫的方式

开辟一条

乡村旅游黄金线

2020 年 3 月

扶贫队长几经周折

邀请了邵阳与长沙的知名画家

还有众多的文化学者

来望江湖采风

协力扶助这方水土的文化振兴

巍巍天子岭

绵绵狮子山

旖旎秀丽的山水风光

弥漫着浓郁的人文气息

吸引了一波又一波外地艺术家的目光

几个月时间

天子湖印象十二景

便从艺术家的笔下流淌出来

轰动了三湘四水

湖湘大地

山路

老屋

瀑布

寺庙

蓝印花布

还有风雨桥……

一幅幅栩栩如生的描绘天子湖的中国画

渐次呈现

广为流传

长沙至邵阳的动车开通了

天子湖的游艇开起来了

天南地北的游客

纷纷来此地观光打卡

2022 年 8 月 21 日

中国桨板黄金联赛

暨第一届天子湖桨板公开赛

在这里隆重举行

让名不见经传的天子湖进入了大众视野，走向世界！

也是在这条黄金旅游线上

乡村女子杨彩虹

变成了一位响当当的人物

是她点燃了文旅创业的火把

带领望江湖的父老乡亲

在致富的道路上奋力前行

2021 年 12 月 1 日

杨彩虹携女儿罗沙沙

创建了邵阳县蓝印花布文创产业园

尔后，产业园正式开业投产

产品远销东南亚、非洲和欧美各地……

古色古香的蓝印花布

历经千百年的发展演变

以其深重的蓝

纯净的白

质朴的色彩

古拙的纹样

展现了风格别致的

东方古典韵味

在乡村振兴的伟大时代

杨彩虹成了网红

她成了望江湖村

返乡创业奋斗的先驱

是文化传承的力量

使这个小小山村

连续不断地

被省媒报道

被央媒报道

逐渐走上了国际舞台……

农家小院

乡间小院里

花母鸡领着一群

小精灵般的小鸡

在觅食

一只小鸡偶然发现一条小虫

它的兄弟姐妹们便马上

你争我抢地啄食起来

乡村，泥土芳香

到处是那么自然和谐

那么诗意盎然！

小小的木屋

门前搭一瓜架

种南瓜、苦瓜、丝瓜

那些瓜藤盘上棚架

爬上屋檐

当花蒂撒落的时候

翠绿的藤上就结出

青青的

白白的小瓜

那碧绿的藤和叶

与青白相间的瓜

构成了一幅别有情趣的装饰图

比城里那高楼门前蹲着的石狮子

或是竖着的两杆大旗可爱多啦！

有些人家

在门前的场地上

洒下花的种子

春暖花开的时节

玫瑰、月季、芍药

牡丹、凤仙花、大丽菊……

它们依着时令

轮流开放

竞相争艳

乡村宁静

但在安静中也颇显华美！

还有一些人家

在屋旁边开一块菜地

春有菠菜、荠菜

夏有茄子、西红柿

秋有红辣椒、老南瓜

冬有萝卜、白菜

一年四季

都有诱人的清香……

乡下农家院子里

几乎家家都养狗

有些院落村舍

还不止一条

偶尔，你能看见一只母狗

后面跟着几个"小跟班"

在乡间小路上，大摇大摆，悠闲自在！

几乎每户人家都有猪圈

"呼噜——呼噜——"

你走近一看

那是一头肥头大耳的母猪在叫

周围是沉睡的猪宝宝

它仿佛在唱催眠曲

让孩子们睡得更香

又好像对眼前的景象表示赞许

傍晚的时候

村院里有人散步

黄昏，你也会瞧见乡下人

吃晚饭的情景

他们把桌椅饭菜挪到门外

有说有笑

海阔天空

吃吃喝喝，非常开心！

天边有红霞映照

路边有晚风吹拂

归巢的鸟儿汇聚在一起

形成一幅和谐、怡人的田园画

有几位老人

喜欢拍打着蒲扇

找一个地方

和几个邻居拉拉家常

大姑娘和小伙们

在一起打打闹闹

小孩子们更是喜欢热闹

"小皮球，香蕉梨，

马兰开花二十一……"

耳边传来的是幼嫩的童声！

啊！今日美丽乡村

到处都是人间仙境！

走出大山

在怀化

一个周末的黄昏

我接到你的电话

你说要来看我

我非常高兴——

你是我 10 多年前的学生！

你生于新晃县

那是湘黔交接之地

也是历史上"湘西剿匪"的主战场

四周有大山围困！

为了走出大山

追寻外面世界的精彩

你从小发奋读书

后以优异的成绩

考上了省内本科大学

在学校，你品学兼优

不仅获得了学校一等奖学金

而且在大三期间

光荣地加入了中国共产党！

大学毕业后

你在一所民办中学工作

教了几年高中语文

你的学生很喜欢听你讲课

你有激情，有思想

也很负责，很敬业

你是优秀的语文教师

也是优秀的班主任！

可你也是一位孝子

随着父母日渐衰老

你挂念着故乡年迈的父母

思乡的情愫爬上了你的心头

久久难以消散

权衡再三

你选择了回乡创业！

远方是理想

故乡是责任

你想让父母过上安安稳稳的生活！

这时候

正好有一条新闻吸引了你：

"新晃黄牛肉贴上国家地理标志！"

新晃——

那不正是你日思夜想的家乡吗？

顿时

你的脑海里浮现出家乡那苍翠的高山

如洗的天空

还有父母那辛苦劳作的佝偻的背影

这些年

社会在发展

故乡也发生了很大的变化

但和外面相比

却还是比较贫穷落后的

我为什么不回家乡

去抓住这个机遇

去创立自己的事业

带动父老乡亲一起致富呢？

这个念头强烈地冲击着你！

你是聪明的

也是理性的

经多方打听

你得知新晃县委、县政府

正大力发展旅游事业

你想，这势必要开发一批附加产品

特别是一些特色食品

家乡凉伞因为水质好

豆腐加工历史悠久

在新晃及周边县市

已经形成较好的口碑

你想

如果把"凉伞豆腐"的品牌树立起来

或许可以为家乡人民

找到一条在家门口赚钱的门路

随后

你带人去武冈

学习豆腐加工技术

了解豆腐加工流程

你发誓要开发好优质品牌"凉伞豆腐"

你坚定了创业的信心和决心！

创业的路是艰辛的

得知你要放弃收入稳定的工作返乡创业

年迈的父母首先表示反对

父亲说：

"沅森啊，

你现在工作稳定，

收入也还好，

你或者就回来给我考个公务员，

不要去搞那些七七八八不靠谱的事情！"

母亲更是发牢骚、讲气话：

"创业，创业，要是亏了，

你以后莫进这个家门。"

但自己决定了的事情

又怎么能轻易放弃？

2011 年 2 月

你与妻子放弃了

邵阳稳定的工作

和收入颇丰的门店

回到家乡——新晃凉伞

开始了人生中一段艰辛

而激情澎湃的创业历程！

创业，首先面临的是资金问题

你和妻子几年来辛苦积攒了 20 余万元

这点资金与整个项目比起来

实在是差得远！

一次偶然的机会

你和好兄弟姚剑亭通了电话

他在深圳一家房地产公司从事策划工作

当听说你要回家开发"凉伞豆腐"这个品牌

正缺少资金时

同样具有强烈家乡情结的他

二话没说就赶回来入股

你们合起来共投资 48 万元

成立了新晃县"湘当当"食品加工厂

你们暗暗发誓要把"凉伞豆腐"

做成一个响当当的食品品牌！

为了节约资金

从没干过重体力活的你与堂哥一起动手

顶着烈日去买砖、装卸

自己搅拌水泥浆

砍木材、盖瓦、刷墙、贴地砖

连水电都是自己安装

没有当老板的喜悦与派头

只有创业的艰辛和疲惫！

但是，在你们心中

却有一个意念

那就是：

无论怎么苦和累

一定要把这项事业做成功！

在一个漆黑的晚上

你骑摩托车回家

突然摩托车链条脱落了

极度疲惫的你下车安装链条

没想到车子突然滑动

将你的右手无名指绞入齿轮夹断

手指

顿时血流如注

伤口显然疼痛无比

可经过简单治疗后

第二天

你又投入厂房建设中！

功夫不负苦心人

经过五个月的努力

你和你的团队

终于将破旧不堪的村办小学

改建成了干净整洁

布局合理的标准厂房

厂房建成后

得赶紧添置锅炉、磨浆机

烘烤机、灭菌锅等

一系列必要设备

还从武冈请来师傅进行指导

你们两个人轮流跟着学习

两个月过去了

你们从门外汉

变成了豆腐加工的专业能手！

你们现在做出来的豆腐

较传统工艺做出来的豆腐

在品质方面有明显的改进和提升

目前，"湘当当"食品加工厂

占地面积 3000 余平方米

有豆制品加工、生产一条线

年加工豆制品 800 余吨

主要产品有凉伞干豆腐、卤豆腐

麻辣豆腐和猪血丸子……

2012 年，年产值达 80 余万元

创收盈利近 20 万元

解决了 15 人的就业问题

"湘当当"豆腐以独特的配方

严格的制作工艺

细腻的口感

赢得了广大顾客的青睐和赞美！

你们的产品主要销往湖南、贵州、四川

上海、浙江、广东等南方省市

看着你的事业

有如此好的发展形势和前景

父母也慢慢改变了他们的态度

不再反对了

当然，你们心里明白：

对于两个 80 后农村青年来说

你们的创业之路

显然离不开新晃县委、县政府的政策引导

离不开各级各部门的支持和帮助

县委梁书记

对你们的创业行动给予了大力表彰

县招商局、质监局领导

多次到厂里进行指导

凉伞镇党委得知你们要回乡创业

书记和镇长

亲自上门现场引导

给你们提出了许多好建议、好意见!

面对难得的发展机遇和良好的发展前景

你们更加珍惜和努力

以一颗虔诚感恩的心

把"湘当当"这个凉伞豆腐品牌做大做强

以实际行动回报各级领导

对你们的厚爱与支持!

你们都是农家子弟

诚实、善良、勤劳

这些品质决定了你们要努力做"良心"企业

安全是食品企业的底线

你们突出环保绿色的经营理念

你们保证所加工的豆腐绝不添加任何食品防腐剂!

目前,你们正按照 QS 食品安全认证标准

改造厂房和生产线

严格依照国家标准

搞好各种消毒防菌措施

努力让广大客户吃到安全、放心

绿色的"凉伞豆腐"!

你们还想努力带动家乡经济的发展

你常说,做企业,赚钱是目的

但带动一方经济

也是发展事业的根本方向

你之所以选择回乡创业

就是希望能带动父老乡亲都富裕起来

豆腐加工厂建成后

你们组织成立了农民专业种植合作社

大力推广黄豆种植

以稳定的价格收购黄豆

形成"产购销一体化"发展模式

也为周边肉牛养殖大户

大型养猪场提供廉价饲料——豆渣

你们与 26 户村民签订了黄豆供销合同

与 4 家肉牛养殖大户

和 6 家大型养猪场签订了供豆渣协议

带动大家共同致富、共同发展

千方百计想着要去回报社会!

尽管那时还是小作坊

自身发展还很困难

但你们一直设想着

一旦发展壮大就必须尽己所能

报答社会,回报父老乡亲!

创业的经历让你深深懂得

以前是专心做事

为了个人而奋斗

现在是致力于做事业

要为社会做贡献！

有人说：

"人生能干自己喜欢的事情，

是多么幸运和喜悦！"

短短几年时间

你们将乡村小作坊

做成了一个响当当的大公司！

你们是当下农村青年创业的先行者

你们的行为和事业

带动和启迪了

一大批还在外面打拼的知识青年

家乡才是广大青年创业的乐土！

新晃县委、县政府

也出台了一系列优惠政策

不仅免费为返乡创业人

提供厂房，还减免了相关税收

这些措施为返乡人员

提供了优质的创业环境

也为中国乡村振兴和改革

提供了一个典型的案例

为新时代乡村振兴

注入了强大活力和生机！

乡长咏叹

我是乡长

去苦竹乡工作之前

我是县财政局的一名副局长

因为一直在县直部门工作

对农村工作了解不多

基层工作经验更是缺乏

这使我在脱贫攻坚的初期

压力很大!

多年的财政工作

让我养成了

对工作要求实而又实

细而又细的职业习惯

到苦竹乡工作后

我依然秉承着这种习惯

凡是涉及项目和资金

我都会亲自过问

亲自审核把关

生怕在哪个管理环节出了差错

我对工作的细致

被苦竹乡的干部职工们

看在眼里，记在心里

有幸得到了他们的一致认可

他们称赞我是项目管理的行家

也是争取项目的高手！

除此之外

由于我在平时工作中

喜欢挨家挨户串门

喜欢到各级各部门转一转

乡亲们都热情地赠我一个外号——

"串门"乡长

还记得

我来苦竹乡上任的第一天

分管脱贫攻坚工作的同志

特意向我汇报了

苦竹乡脱贫攻坚的现状

那一晚我辗转反侧

脑海中总是浮现着

那一串串揪心的数字——

苦竹乡辖 14 个行政村

91 个村民组

总人口 13923 人

乡里共有 7 个贫困村

其中深度贫困村 2 个

建档立卡贫困户 1017 户 3743 人

贫困发生率 26.88%

水、电、路、讯等基础设施极度落后

全乡只有一条通村公路实现了硬化

产业发展很单一

人居环境"脏、乱、差"

群众"等、靠、要"思想严重

受各方面因素的制约

在全乡群众心中

"增收无保障，致富无希望"的
思想根深蒂固⋯⋯

如何改变这种现状？
如何让苦竹乡的百姓
实现增收，脱贫致富？
一连串的问号
让我彻夜未眠
我知道
要想彻底改变这一切
就必须先走进群众家中
走进群众心里
了解村情
方能正确制定工作方案

有想法就要付诸行动
第二天一早
我与几名同志
一同前往
贫困发生率较高的村庄——

白毛塘村

八千米坑坑洼洼的山路

颠簸了近一个小时

驾驶员才把车停在白毛塘村

一栋两层的木楼前

我踩着咯吱作响的木楼梯

爬上了二楼

只见到几个人正在忙着填写

"四看法"评估表

这栋木楼

就是白毛塘村的办公场所

填表的那几个人

就是该村的村干部和帮扶干部

见我们到来

村支书介绍了

白毛塘村的村情实际

群山环抱的白毛塘村

属一类贫困村

距离县城 52 千米

距离乡政府 8 千米

共有 11 个村民小组

辖 309 户 1133 人

其中建档立卡户 104 户 355 人

村民以种植、养殖

和务工为生

从村委会出来

支书带我们前往板桥山组

遍访贫困群众

在一处坡陡弯急的地方

汽车陷入了泥泞之中

车轮几度打滑无法前行

最终在附近村民家搬来一捆稻草

垫在泥泞的陡坡上

车才费力地冲出泥坑

此时远处

迎面走来几名放学的学生

他们边走边唱:

"白毛塘啊白毛塘,

汽车一响跳得慌。

贫穷落后吃不饱,

一年四季皆白忙!"

从童谣中

我再次感受到了

改善基础设施

发展乡村产业

促使群众致富增收的迫切性

从白毛塘村回乡之后

我越发感觉到

需要全面了解

全乡各村村情

于是

在初来的那两个月里

我挨家挨户"串"

串遍了全乡 14 个村 91 个村民组

263

察访了 80% 以上的贫困户

5 年来

我走遍了全乡每一个角落

串访了全乡所有的困难群众！

除了挨家挨户串门

了解村情民情外

我还喜欢到各级各部门去串

虽然全乡发展产业

改善基础设施建设等工作

有专门分管的同志负责对接联系

但是为了能够帮乡里

争取到更多的项目和资金

我还是经常往县里、市里

乃至省里有关部门跑

其中

县扶贫办、财政局

农业农村局、水务局

交通局、住建局、应急管理局等多家单位

把我当作了他们的常客

有一次

为了争取资金

完善白毛塘村的一条产业路建设

我找到了负责项目的县领导

还没有来得及汇报

领导就半开玩笑半当真地说：

"你啊，今年的项目资金已经匹配完了，

这回你在我这儿打不到主意了！"

尽管吃了"闭门羹"

但我还是硬着头皮

向领导汇报了相关情况

呈送了求助报告

欣喜的是

没过多久

该项目便通过了评审并得以实施

几年来

类似于这种情况

不知发生了多少回

虽然不是每一次争取

都能成功

但我始终相信"一切皆有可能"

只要有一线希望，我就不会放弃

因为在我的心里

始终记得群众的期盼

这让我感觉我有无穷的奋斗力量

争取到了项目资金后

重点是要使项目落地生根

这样才能开花结果

因此，我又定期定点去"串门"

凡是有项目实施的地方

我至少要去串三次以上

在"串门"过程中

我跟进项目实施进度

了解存在的困难

解决实施过程中的矛盾纠纷

监督资金的规范使用

发挥项目落实的辐射效应

自 2018 年和平县

发起脱贫攻坚的总攻以来

全县兴起了基础设施建设大会战

我们苦竹乡奋勇争先

补齐串户路、进寨路、产业路等

基础设施短板

群众说，苦竹乡天堑变通途！

修建安全人畜饮水池 58 座

修建电力提灌站 5 座

农村自来水普及率达到 100%

贫困村安全饮水率达到 100%

彻底补齐了人饮安全的民生短板！

完成高低压电力改造 17 个台区

支持产业用电安装变压器 8 个站点

全乡稳定电力保障率达到 100%

实现农村 4G 网络

和光纤网络到村到户全覆盖

截至目前

苦竹乡已同全省一道

实现了贫困发生率清零的总目标

撕掉了千百年来绝对贫困的标签

迈入了乡村同步小康的康庄大道！

尾章

诗国芬芳

世界上

所有古老文明

都发源自美好的诗篇

希腊有史诗

中亚有抒情诗

我华夏民族有《诗经》

我常想

《诗经》时代

是我中华文明

美好的童年时光

遥想当年

我们的祖先

生活在山林水泽之间

与辽阔的荒野相融无间

即景生情

遇事抒怀

每一吟咏

如同天籁

嘤嘤成韵

即为绝唱！

往事芬芳

随风飞扬

黄河岸边

"国风"的歌声清远嘹亮！

而江南是我永远的"原乡"

是我郁郁葱葱的桑梓地

也是我永不干涸的创作源泉

她滋养了我

给予我无限的温暖

和不竭的灵感

越过莺飞草长的江南

这温暖而多彩

熟悉而陌生的南方！

这里有文人高洁的思想

这里有母亲的纯真和善良

这里有诗书的醇香和芬芳

爱情和友谊如空谷幽兰

在南方的天空上久久飘香……

美丽的南方

是生长诗意和爱情的地方

一把油纸伞

撑起了一片空旷

江南柳渡船

氤氲梦生烟

人生歌吟起处

常常让人难忘

堂前旧时燕的悠闲

屈辱与悲怆的壮烈

胜利与辉煌的激越……

一江春水

是江南永远的眷恋!

在江南

没有一棵树是不美的

在春天

没有一朵云是不美的

我想

江南，是文人的梦乡

江南，是酝酿诗章

建功立业的好地方！

后记

2020年年底，我申请了湖南省文艺人才扶持"三百工程"资助项目，承蒙湖南省文联领导和专家支持，项目不久即获得批准。这就是诗集《江南物语》写作和出版的直接动因。

三年多的时光很快就过去了，由于我置身高校，科研、教学及有关行政事务烦琐，更由于我的疏懒，这个诗集创作项目迟迟没能完成。这也是我一直心怀愧疚的原因。

在我看来，诗歌写作是很神圣的事业。

作为一个迷恋文学的人，早年确实有过做诗人的梦想。古今中外的诗集我买了不少，也读了不少。对《诗刊》，以及《人民日报》《光明日报》《中国青年报》《中国教育报》《湖南日报》等报纸的文学副刊，我是格外关注的。我不仅认真阅读，而且对精彩部分还有摘录或写下阅读感想和心得的习惯，这些训练和积累对于我文学精神的滋养应该产生了一定的作用。

对于诗歌写作的理解我写过一些理论文章，在文学界与学术界也产生了一定的影响。如在2006年8月3日《人民日报·文艺评论》发表的《新诗如何走出困境？》

就是我对当时诗歌的真实想法，故我特意安排其为本诗集的"代序"。

诗歌写作是创作主体精神的一种自由审美实现形式，相对于其他文体，这更是个体生命经验最直接、最自由的诉说与表达，它不仅饱含创作主体对自然界、人类社会等客体世界的深刻体验与揭示，更是诗人心灵的真实"自传"。

我的诗歌主要是书写我的故乡、我的经历，表达长久积郁心中的乡愁，还有我对有关文化与精神地理现象的一些思考。

可以说，《江南物语》是我多年来心路历程的记录。

此诗集即将付梓出版，我谨借此机会，向长久以来支持和关心我的领导，以及广大文朋诗友们表达最诚挚的谢意，正因为有你们的引领和鼓舞，我才不至于太懈怠和颓废！

去日不可追，来日犹可期。

忽有故人心上过，回首山河已是秋。

在以后的日子里，我希望自己能更加沉稳、更加扎实地写作，以超功利的心态创作出更多更好的作品，不辜负上天赐予我的宝贵生命，不辜负社会各界对我的殷殷期待！

张建安

2023 年 5 月写于长沙松雅湖